현대 소환술사

THE MODERN SUMMONER

현대 소환술사 1

현윤 퓨전 판타지

초판 1쇄 찍은 날 § 2015년 5월 19일
초판 1쇄 펴낸 날 § 2015년 5월 26일

지은이 § 현윤
펴낸이 § 서경석

편집책임 § 박은정

펴낸곳 § 도서출판 청어람
등록번호 § 제387-1999-000006호
등록일자 § 1999. 5. 31
어람번호 § 제1-2131호

주소 § 경기도 부천시 원미구 부일로 483번길 40 서경B/D 3F (우) 420-822
전화 § 032-656-4452 팩스 § 032-656-4453
http://www.chungeoram.com
E-mail § chungeorambook@daum.net

ISBN 979-11-04-90242-0 04810
ISBN 979-11-04-90241-3 (세트)

현대 소환술사

THE MODERN SUMMONER

FUSION FANTASTIC STORY

현윤 퓨전 판타지 소설

1

도서출판 청어람

현대 소환술사
THE MODERN SUMMONER

CONTENTS

프롤로그

루야나드 대륙력 104년.

우콰과과과광!

에이션츠드래곤 아힌리히트의 레어가 붕괴되고 있었다.

"이런 빌어먹을!"

소환술사 레비로스는 서둘러 이곳에서 몸을 피해보려 했지만 소용이 없었다.

그는 아힌리히트의 드래곤 하트와 연결된 몸으로, 아주 어렸을 때 용언에 의해 속박되었다.

용언에 의해 묶인 영혼은 드래곤 하트가 소멸되는 순간까지 그 권속으로 살아가야 한다.

"아힌리히트, 이 도마뱀 같으니!"

죽음을 목전에 둔 상황, 레비로스는 이를 악물었다.

"만약 내가 다시 태어난다면 나를 이곳에 보낸 장로와 일족의 우두머리들을 죄다 찢어 죽이고 말 테다!"

아힌리히트는 자신의 정원에 각종 마물과 정령들을 풀어놓고 극악한 실험을 자행했다.

그것은 바로 드래곤을 제외한 생명체 가운데 과연 어떤 생명체가 가장 고강한가였다. 때문에 거대한 드래곤의 정원에서는 하루도 골육상잔이 그칠 날이 없었다.

아힌리히트는 이를 위해 곳곳에서 생명체를 수집했다.

아힌리히트는 엘프에게 100년에 한 번씩 덜 자란 어린 엘프를 제물로 바칠 것을 요구했다.

레비로스는 엘프족 장로가 자신을 제물로 바치던 순간을 똑똑히 기억했다.

세계수의 잎사귀에서 태어나 땅에서 길러진 그는 장로의 손에 이끌려 이 먼 땅까지 왔다. 그리곤 다짜고짜 드래곤의 정원에 내던져진 그는 약육강식의 세계에서 살아남아야 했다.

어린 엘프가 이 무지막지한 레어의 생물들 틈바구니에서 살아남기 위해서 겪은 고통이란 상상을 초월했다.

목숨을 끊어버리고 싶은 상황에서도 그는 오로지 복수를

위해 자신을 갈고닦았다.

그렇게 500년, 그는 드디어 정원에 있는 모든 생물과 정령들을 평정했다. 그리고 아힌리히트에게 정원사라는 칭호를 받아 명실공히 최고의 생명체가 되었다.

그는 최고의 생명체가 된 순간부터 정원을 빠져나가 자신을 버린 이들을 벌하겠다고 다짐했다.

하지만 결정적인 순간에 계획은 틀어지고 말았다.

고룡 아힌리히트는 자신의 삶에 극도의 허무함을 느껴 스스로 공멸을 시도한 것이다.

그로 인해 그의 복수는 물론이고 남은 삶마저 나락으로 떨어지고 있었다.

고오오오오오!

드래곤 하트에 의해 유지되던 생명의 요람, 마물들의 천국인 아힌리히트의 레어가 아공간으로 빨려들어 갔다.

레비로스의 육신 역시 이곳에 속박되어 그들을 따라 차원의 틈 너머 아공간으로 빨려들어 가고 말았다.

"크아아악!"

슈아아아아아아악!

그는 끝내 이곳 루야나드에서 그 자취를 감추고 말았다.

제1장

환생

한 청년이 6인실 병원에 누워 있었다.

삐빅, 삐빅…….

그의 나이는 27세. 강원도 정선에서 벌목업자로 일하고 있는 이강수라는 청년이다.

청년 강수는 정선 강촌마을에서 10년째 목수이자 벌목업자로 살아가고 있었다.

강수의 아버지는 한때 10만 평이 넘는 벌목업 허가 산지 열다섯 개를 운영하던 영서지방 최고의 알부자였다.

새마을운동이 한창이던 시절에 강수의 아버지는 1차 산업인 벌목업에서 떨어져 나가는 젊은이들을 뒤로한 채 오로지 한 길만을 걸었다.

대한민국이 2차 산업의 물결을 거쳐 3차 산업의 초입에 들어섰을 때도 그는 오로지 임업에만 온 심혈을 기울였다.

그리하여 그는 정선 최고의 나무꾼이 되었지만 30년 지기인 산림조합장 김씨에게 뒤통수를 맞아 100억이라는 막대한 빚을 지게 되었다.

김씨는 정부에서 주최하는 정선 카지노 사업 부지 선정에 강촌마을을 등록시켰다며 소문을 냈다.

하지만 애초에 정부에서는 사업자 선정과 부지 선정을 모두 끝내놓은 상태였고, 강촌마을은 후보에도 오르지 못했다.

그러나 구청 직원인 정씨와 짜고 공문서까지 위조한 그는 마을 사람들의 땅문서를 모두 빼돌려 팔아먹고 잠적해 버렸다.

그 때문에 꽤나 부유하던 강촌마을은 일순간에 무일푼 거지가 즐비한 폐가촌으로 전락했다.

이때 강수의 아버지 또한 전 재산을 모두 밀어 넣었고, 그것으로도 모자라 은행 빚까지 죄다 끌어다 썼다.

거기에 강수의 집과 단칸방이 딸린 알짜배기 벌목장까지 저당 잡히기에 이른다.

한마디로 다시는 일어날 수 없을 만큼 사기를 당하고 만 것이다.

강수의 아버지는 그 충격으로 인해 울화통이 터져 목을 매달았고, 열네 살에 불과하던 강수는 아버지의 빚과 함께 병약한 여동생을 떠안은 채 이 세상에 남겨졌다.

그때부터였다. 강수는 중학교를 중퇴하고 동네의 벌목 일이란 벌목 일은 모두 다 따라다니면서 품을 팔았다.

비록 나이는 어리지만 아버지를 따라다니면서 배운 벌목 기술로 간신히 하루 품삯을 받으며 살아갈 수 있었다.

그 하루살이 삶이란 고통의 연속이었다.

어떨 때는 밥을 굶을 때도 있었고, 하루에 한 번 혈액 투석을 받아야 하는 여동생은 혈전이 막혀서 죽을 뻔한 적도 있었다.

그렇게 치열하게 살아남은 강수이지만 여전히 빚더미에 앉았다.

저당 잡힌 벌목장이 은행으로 넘어가지 않도록 하자면 하루도 쉴 수가 없었다.

이 벌목장에 딸린 단칸방이 강수와 희수의 유일한 보금자리였던 것이다.

두 어깨에 삶의 무게를 혼자 다 짊어진 강수지만 이제는 그 미래가 불투명한 지경에 이르렀다.

강수의 여동생 희수는 그런 그를 바라보며 연신 눈물바람이었다.

"흑흑, 오빠……."

의사들은 그의 상태를 진찰하며 모두 고개를 가로저었다.

"수술로 할 수 있는 것은 다 해봤습니다만, 아무래도 하루 이틀 안에 깨어나긴 힘들 것 같습니다."

"네?! 그럼 언제쯤……."

"빠르면 1년, 운이 없으면 10년 후에도 정신을 차리지 못할 수 있습니다. 척추에 골절이 생기면서 뇌하수체가 모두 상해 버렸습니다. 아마 눈을 뜬다고 해도 정상적으로 살아가긴 어려울 겁니다."

"아아……!"

다른 것은 몰라도 벌목업으로 다져진 강수의 신체는 다른 청년들에 비해 유난히 튼튼한 편이었다.

하지만 13미터 높이의 나무에서 떨어지면서 얻은 척추 골절상은 제아무리 튼튼한 강수라도 이겨낼 재간이 없었다.

가지치기를 위해 올라간 고목에서 안전 장비의 결함으로 인해 곧장 추락한 그는 그 어떤 대비도 할 수 없었다.

그녀는 의료진 앞에 털썩 무릎을 꿇었다.

"서, 선생님, 제발 우리 오빠 좀 살려주세요! 제가 이렇게 빌게요."

"죄송합니다. 저희가 할 수 있는 일은 다 했습니다."

"선생님!"

“정 간호사, 보호자분을 모시세요.”

“네, 선생님.”

“흑흑! 선생님!”

그녀는 간호사들의 손에 이끌려 휴게실로 보내졌고, 강수는 계속해서 가쁜 숨을 몰아쉬고 있었다.

* * *

온통 암흑천지의 아공간.

레비로스는 그곳에서 눈을 떴다.

“흐어어억!”

차원의 틈 너머에 존재하는 아공간은 태초에 신이 인간을 창조하던 시절부터 있던 곳으로, 사람들은 이곳을 지상 끝의 나락이라고 불렀다.

레비로스는 어째서 선인들이 이곳을 지상 끝 나락이라고 불렀는지 이해할 수 있었다.

아공간은 끝을 알 수 없는 추락만이 있을 뿐이었다. 그런 곳에 희망 따위가 존재할 리 없었다.

궁극의 나락에 버려진 레비로스는 일순간 정신의 끈을 놓아버리기로 했다.

“그래, 한 많은 삶, 이제는 버릴 때도 되었지.”

어차피 복수를 할 수 없다면 살아 있으나마나 한 삶이었다.

그는 오히려 편하게 모든 것을 내려놓고 나락에 몸을 맡겼다.

하지만 바로 그때, 그의 머리맡으로 익숙한 물체가 스치고 지나갔다.

우우우우웅!

붉고 영롱하게 빛나는 물체, 그것은 바로 에이션츠드래곤 아힌리히트의 심장이었다.

"드래곤 하트!"

드래곤 하트는 무한한 힘을 상징하는 지상 최고의 보석이자 용언과 마나의 집약체이다.

원래 드래곤의 신체는 용언이라는 용족의 고대 주술과 대기를 구성하는 마력의 결정체인 마나로 이뤄져 있다.

용언과 마나가 응축하여 드래곤 하트를 만들고, 그것이 드래곤의 거대하고 탄탄한 신체를 구성하는 것이다.

때문에 드래곤은 심장을 잃으면 그 즉시 생명을 잃고 무너져 내린다.

하지만 용족은 고대 마족과 천족들이 지상의 조율자로 만들어놓은 생명체이기 때문에 그 끝이란 있을 수 없었다.

적어도 지상에선 그들을 소멸시킬 수 있는 생명체가 존재할 수 없으며, 죽음이란 인간만이 가질 수 있는 특권이라고 인식되었다.

그런 그들이 죽음을 경험하자면 소멸이라는 의식을 거쳐야 한다.

애초에 신과 가장 가까운 존재로 태어난 그들이기에 생로병사는 있을 수 없었다.

그런 그들이 소멸의 의식을 행하면 차원의 틈이 열리며 아공간의 입구가 그 모습을 드러낸다.

그때는 해당 드래곤의 용언으로 묶인 모든 권속이 그와 함께 운명을 달리하게 된다.

하지만 만약 드래곤 하트를 권속 중 누군가가 차지하게 된다면 드래곤을 대신하여 그가 새로운 용언의 주인이 될 수 있다.

"쥐구멍에도 볕은 뜬다!"

끝도 없는 나락의 틈바구니에서 가까스로 팔을 뻗어 드래곤 하트로 다가간 그는 이내 미소를 지었다.

"조금만 더, 조금만 더……."

바로 그때였다.

"끼룩?"

"어, 어어어어……?!"

정원에서 가장 서열이 낮은 전기쥐 피카루가 나락을 부유하다 반짝이는 물질에 관심을 가진 것이다.

녀석은 원래 날다람쥐의 조상으로 옆구리에는 아직도 퇴화하지 않은 날개가 달려 있었다.

그 때문에 나락에서도 꽤나 자유자재로 날아다닐 수 있는 것이다.

레비로스는 피카루에게 손을 뻗었다.

"피카루? 이쪽으로 와. 어서……."

"끼룩?"

"어, 어서 이쪽으로……."

순간, 녀석은 탐욕에 물든 눈으로 드래곤 하트를 바라보았다.

"끼루우우우욱!"

"젠장!"

드래곤 하트를 입에 문 녀석은 전기의 제왕인 블루드래곤의 브레스와 맞먹는 엄청난 양의 전력을 뿜어냈다.

치치치치치치치치치칙! 콰앙!

"젠장! 이런 미친 쥐새끼를 보았나?"

천지가 개벽하는 듯한 전기와 충격파가 레비로스를 향해 달려들었다.

촤자자장!

"허엇!"

재빨리 몸을 옆으로 비틀어 전기 충격파에서 벗어난 레비로스는 녀석의 뒤통수로 손을 뻗었다.

끼잉잉잉!

하지만 여전히 녀석의 몸에선 가히 상상을 초월하는 전기가 뿜어져 나오고 있었다.

만약 저 전기를 잘못 만지는 날엔 꼼짝없이 전기구이가 되고 말 것이다.

"제기랄! 여기서 평생 나락으로 떨어져 살 바엔 차라리 뒈지고 말지!"

레비로스는 피카루의 뒤통수를 움켜쥐었고, 녀석은 순식간에 몸을 움츠렸다.

터억!

"끼룩……."

"어, 어라?"

모든 생물에게는 육신의 각인이라는 것이 존재하게 마련이다.

드래곤의 정원에서 흔히 볼 수 있는 피카루이지만 워낙 성질머리가 더러운 정원사의 매운 손길을 맛보지 않은 녀석은 없다.

아마도 이 피카루는 그 피해자 중 하나가 아닌가 싶었다.

이유야 어찌 되었든 덕분에 그는 아주 손쉽게 드래곤 하트를 손에 넣을 수 있었다.

"크하하하! 이제 내가 중간계의 지배자다!"

레비로스는 그 즉시 드래곤 하트를 덥석 삼켜 버렸다.

꿀꺽!

이윽고 몸속에서 엄청난 기운이 용솟음치기 시작했다.

우우우우웅!

"드디어!"

그는 자신이 중간계의 절대자가 될 것이라 확신했다.

하지만 그것은 큰 착각에 불과했다.

드래곤 하트가 그의 몸속으로 스며들면서 다시 한 번 공간의 뒤틀림이 일어나고 만 것이다.

쿠쿠쿠궁!

"크어어어어어억!"

엄청난 고통이 밀려들며 그의 영혼이 조금씩 육신의 그릇을 벗어나기 시작했다.

쫘자자자자작!

"안 돼!"

콰아아아앙!

결국 레비로스의 영혼은 아공간에서 튕겨져 나가고 말았다.

* * *

늦은 밤의 병실.

삐익삐익—

생명 유지 장치의 기계음만이 텅 빈 병실을 가득 채우고 있었다.

환자용 침대 위에 누운 강수는 연신 거친 숨을 몰아쉬었다.

"후욱후욱!"

아주 간신히 숨을 몰아쉬던 그의 몸이 이내 경련을 일으켰다.

삐비비비빅, 삐비비비빅!

잔잔하던 심장박동이 빨라지면서 그의 몸을 감싸고 있던 장치들이 이상 신호를 감지했다.

—긴급, 긴급입니다!

생명 유지 장치의 메시지가 간호사실로 전달되었고, 응급 의료진들이 부리나케 강수의 병실로 달려왔다.

드르르르륵!

"환자분!"

"우우우우우욱!"

곧 세상을 떠나려는 사람처럼 이리저리 몸을 바들바들 떨던 강수의 팔이 이내 아래로 떨어져 내렸다.

삐이—

긴박하게 울리던 기계음이 의료진의 도착에 맞추어 그 생을 다했다.

"심폐소생술 시작합니다! 준비하세요!"

"네!"

간호사는 심장재세기를 꺼내어 강수의 가슴에 직접 전기를 주입할 준비를 했다.

"준비되었습니다!"

"좋아요! 시작합시다! 100줄!"

"100줄! 클리어!"

"셧!"

철컹!

숙련된 전문의의 심장 마사지가 한차례 이어졌지만 그는 눈을 뜰 생각을 하지 않았다.

"이런! 200줄!"

"클리어!"

"셧!"

철컹!

두 배의 전기 충격으로도 그는 깨어나지 않았다.

"어쩌죠?!"

"전력을 올립니다!"

"네? 그렇게 되면 몸이 버티지 못할 겁니다!"

의사는 이를 악물었다.

"책임은 제가 집니다! 어서 올려요!"

"알겠습니다!"

"300줄! 클리어!"

"셧!"

철커엉!

강수의 몸이 높게 붕 떠오르더니 이내 침대 바닥으로 떨어져 내렸다.

삐이—

심장재세기가 효과를 발휘하지 못했는지 강수의 몸은 차갑게 굳어갔다.

"이런 젠장! 비켜요!"

의사는 의료진을 옆으로 물리곤 자신이 맨손으로 직접 심장 마사지를 실시했다.

"하나, 둘, 셋, 넷!"

땀이 비 오듯 흘러내리는 가운데 강수가 스르륵 눈을 떴다.

"흐어어억!"

"이강수 씨! 정신이 좀 듭니까?!"

불현듯 눈을 뜬 강수가 이내 천장을 향해 손을 뻗었다.

"아힌리히트……!"

"뭐, 뭐요?!"

"아힌리… 이 개새……!"

마치 누군가를 향해 원망의 절규를 보내는 듯 충혈된 눈으로 손을 뻗던 그는 이내 손을 떨구고 말았다.

"아아……."

"이강수 씨!"

삐빅, 삐빅—

이제 다시 강수의 심장은 안정적으로 뛰게 되었고, 언제 그랬냐는 듯 평온한 얼굴로 잠에 빠져들었다.

* * *

다음 날, 한바탕 난리를 치른 정선병원 601호에 아침이 밝았다.

"……."

레비로스는 황망한 눈으로 병원의 천장을 바라보았다.

분명 그는 죽음을 맞았다고 생각했다. 육신의 조각이 깨지는 경험을 했고, 그를 반증하는 고통도 겪었다.

하지만 그가 눈을 떴을 땐 목숨만 간신히 붙어 있는 한 청년의 몸 안이었다.

드래곤 레어에 있는 모든 고서적을 외우고 쓸 수 있을 정도로 방대한 양의 지식을 가진 레비로스지만 죽음에 대해선 아는 것이 없었다.

그것은 죽음을 경험하지 못한 드래곤에게 있어서 상당한 난제였다.

지금 그는 스물일곱 살 청년 강수의 몸 안에 들어왔다. 그리고 그가 죽기 직전까지 가지고 있던 모든 기억을 각성했다.

그의 어렵던 유년 시절, 그리고 뼈 빠져라 일하고 또 일해서 간신히 동생과 함께 삶을 연명한 것, 또한 그가 무려 13미터 높이의 나무에서 떨어져 정신을 잃을 때까지 또렷하게 기억났다.

어쩌면 환생했을 수도 있고 영혼이 공간이동을 하면서 다른 영혼을 날려 버렸을지도 모른다.

하지만 분명한 것은 하나도 없었다.

"빌어먹을, 도대체 뭐가 어떻게 된 건지……."

이마에 손을 짚은 레비로스는 자리에서 몸을 일으켜 보았다.

뚜둑.

"허, 허어억!"

그는 자신의 요추 부근에서 느껴지는 엄청난 고통 때문에 몸을 일으킬 수 없었다.

척추가 완파되면서 그의 육신은 제대로 된 기능을 할 수 없었지만 그 속에 들어 있는 신경 다발은 아직 살아 있기 때문에 고통은 여전했다.

한마디로 그는 움직일 때마다 고통은 수반하면서 제대로 운신은 할 수 없는 지경이인 것이다.

"더러운 인생, 끝까지 아주 지랄 맞게 꼬이는군."

움직이지도 않는 몸을 이리저리 꼼지락거리던 그에게 한 여인이 모습을 드러냈다.

드르륵.

병실 문을 열고 들어선 한 여자는 그를 바라보곤 터질 듯한 눈망울을 반짝거리며 외쳤다.

"오, 오빠!"

"희… 수……."

"흑흑, 오빠! 드디어 정신을 차렸구나! 의사가 적어도 1년은 걸릴 거라고 했는데……. 하느님이 내 기도를 들어주신 거야!"

"……."

강수의 여동생 희수였다.

혈연이라곤 세상천지에 존재하지 않던 레비로스에게 여동생이란 상당히 낯선 존재이다.

하지만 강수에게 있어서 그녀는 세상에 단 하나 남은 혈연이며, 가장 소중한 사람이었다.

'제기랄. 혹이 하나 달리고 말았군.'

머리론 그렇게 생각하고 있지만 몸은 그와 정반대로 반응했다.

"울지 마. 울면 힘 빠진다."

"흑흑……!"

'이게 아닌데…….'

만약 그가 강수의 기억을 가지고 있지 않았다면 진즉 그녀를 버리고 도망가기 위한 계획을 세웠을지도 모른다.

그러나 그의 머릿속에는 강수가 처음 갓난아기인 희수를 품에 안던 시절부터 지금까지 함께 고생해 온 오만 가지 기억이 다 들어 있었다.

그중에는 나쁜 기억도, 기쁜 기억도, 슬픈 기억도, 행복한 기억도 모두 다 자리하고 있었다.

강수에게 있어 그녀는 때론 웃음을 주기도 하고 눈물을 흘리게 하기도 하는 자식과 같은 존재인 것이다.

'빌어먹을, 고생길이 훤히 열렸군.'

레비로스, 아니, 강수는 동생 희수를 위로했다.

"울지 마라. 누가 보면 초상이라도 난 줄 알겠어."

"으, 응. 미안해."

"가서 세수라도 좀 하고 와."

"으, 응……."

그나마 다행인 것은 원래도 강수가 여동생에겐 상당히 무뚝뚝한 사람이었다는 것이다.

앞에선 따뜻한 말 한마디 하지 않지만 뒤에선 듬직하고 든든한 오빠로서의 소임을 다하는 것이 바로 강수였다.

과연 레비로스가 강수로서 제대로 살아갈 수 있을지 없을지 모르지만 일단은 부딪쳐 보는 수밖에 없었다.

레비로스는, 아니, 이제는 강수가 된 그는 조용히 눈을 감고 휴식을 취하기로 했다.

* * *

2014년 봄.

중국발 황사를 타고 한국에 상륙한 엄청난 수의 솔수염하늘소는 정선의 강성마을 벌목촌을 폐허로 만들어 버리고 말았다.

나무의 에이즈라고도 불리는 재선충이 소나무를 모두 말려 죽이고 만 것이다.

정부는 이에 정선 벌목촌에 있는 모든 나무를 불태워 버리고 그 재를 다시 땅에 묻어 다시는 재선충이 창궐하지 않도록 조치했다.

하지만 정부는 산림조합에 가입한 사람들에게 보험에 명시된 가액을 보상해 주지 않았다. 마을 사람들은 15년 전의 악몽과 비슷한 재앙을 맛봐야 했다.

산림조합에서 일어난 100억대 사기극이 마을을 휩쓸던 당시, 마을에는 당장 먹을 쌀 한 되도 남아 있지 않았다.

이번 재선충 창궐은 그만큼 심각한 일이었다.

분명 마을 사람들은 솔수염하늘소를 막기 위한 방풍망을 설치하자는 의견을 냈다.

그러나 산림조합은 방풍망 설치에 대한 의견을 묵살했다.

재선충 철이 되면 정부에선 방역 보조금을 투입해서 최대한 피해를 막아보고자 노력한다.

보조금이 투입되면 방풍망을 설치하는 것은 그리 어려운 일이 아니지만 그렇게 되면 조합이 가지고 있는 보조금이 남아나지 않는다.

때문에 산림조합은 재선충 방비를 위한 방풍망을 설치하지 못하도록 수를 쓴 것이다.

조합에서 돈을 다 가로채는 바람에 마을의 몇몇 가정을 빼놓곤 모두가 방풍망을 설치하지 않아 재선충병에 걸리고 말았다.

산의 대부분이 죽어가는 동안 산림조합이 한 것이라곤 농약 몇 통 친 것뿐이었다.

이런 말도 안 되는 안일한 대책을 내놓았음에도 불구하고 그들은 보상은커녕 땡전 한 푼 줄 수 없다는 입장을 취했다.

강원도 정선병원 일반 환자실.

강수는 산림조합에서 나온 사람들과 마주하고 있었다. 그들은 강수에게 통지서를 들이밀며 말했다.

"이미 정부에서 모든 나무를 폐기처분하라고 명령을 내린 상태일세. 우리도 어쩔 수가 없어."

"거참, 속 편한 소리만 골라서 하시네요. 도대체 이대로 나무를 모두 다 불태우면 우리는 앞으로 뭘 먹고살라는 말입니까?"

"그거야……."

"당장 내일부터 먹고살 돈도 없는 마당에 보조금까지 나오지 않으면 뭘 어쩌라는 겁니까? 조합에서 거두어놓은 기금은 다 어디로 갔고요?"

"기금이라니, 그런 돈이 있었다면 애초에 이런 일이 생겼겠는가?"

"뭐, 뭐예요?!"

"아무튼 일이 그렇게 되었으니 그렇게 알라고."

강수는 생각 같아선 눈앞에 있는 산림조합 놈들을 산 채로 불태워 죽여 버리고 싶었다.

만약 그가 예전의 힘 백분의 일만 가지고 있었어도 그것은 결코 불가능한 일이 아니었다.

하지만 이제 그는 척추가 모두 부러진 반 장애인 신세이다.

강수는 이를 악물었다.

“꼭 피를 봐야겠습니까?”

“피?”

“당신들이 이렇게 나오면 나도 어쩔 수 없지요. 한번 끝까지 가보자는 말 아닙니까?”

“무슨 말을 그렇게 하나? 우리 사이에…….”

“우리 사이?!”

그는 속에서 울화통이 치밀어올랐다.

강수의 집안이 지금 이 지경이 되어버린 것은 모두 산림조합 사람들 때문이다.

그럼에도 불구하고 우리 사이를 운운하다니, 속에서 천불이 나지 않을 수 없었다.

‘이런 개새끼들을 보았나?’

주먹을 꽉 말아 쥐는 강수의 모습에 조합 사람들은 그를 다독였다.

“자네가 참게.”

강수는 고개를 가로저었다.

“장난하십니까? 이대로 참았다간 모두 다 굶어 죽게 생겼는데?!”

강수는 법적으로 대처해야겠다고 생각했다.

"안 되겠습니다. 정식으로 항소하고 변호사를 고용하겠습니다."

"쯧, 그러지 말게. 어차피 그래 봐야 보상은 받을 수 없어. 괜히 없는 살림에 금만 갈 뿐이지."

"그럼 어쩝니까? 이대로 거리에 내몰릴 수는 없는 노릇 아닙니까?"

산림조합 사람들은 고개를 가로저었다.

"후우, 그러게 말아야. 우리도 최선을 다해 차선책을 마련하는 중이니까 조금만 더 참고 기다리게."

"대책……."

대책이라는 것이 존재할 리 없었다.

AI나 돼지콜레라 같은 전염병의 경우엔 정부에서 마리당 보상 단가를 일률적으로 적용해 보상한다.

하지만 재선충의 경우엔 피해 보상에 대한 법적인 조항이 존재하지 않았다.

그렇기 때문에 마을에 재선충이 창궐한다고 해도 신고를 꺼리는 추세이다.

적게는 수십만 원에서 수백만 원까지 가는 소나무이지만 재선충이 발병하면 한 푼도 건질 수가 없다.

그러나 만약 정부에서 나무를 즉시 불태워 소각하지 않는다면 땔감으로나마 사용할 수 있게 된다.

그러니 재선충이 창궐하게 된다면 그나마 나무를 재사용하는 쪽으로 협상해야 한 푼이라도 건질 수 있었다.

지금 강수가 이들과의 협상에 열을 올리고 있는 부분은 재선충으로 인한 피해를 정부에서 일괄적으로 보상하는 부분이 아니라, 나무의 재사용과 산림조합의 기금, 보험을 적용했을 때 나오는 보상 금액에 대한 협상을 벌이고 있는 것이다.

한마디로 이들이 기금을 깨서 돈을 지급한다면 한시름 돌릴 수 있다는 소리다.

중요한 것은 정부에서 이 나무들을 땔감으로나마 팔아먹을 수 있도록 해줘야 하는데 그런 사항조차 쉽사리 통과할 수 있을 것 같지 않았다.

그러니까 이들이 말하는 대책이라는 것은 그저 손 놓고 지켜보라는 소리나 다름없었다.

"아무튼 우리는 이만 가네."

이내 그들은 자취를 감추어 버렸고, 희수가 불안한 기색으로 말했다.

"오, 오빠, 이제 우리는 어떻게 해? 벌목장이라도 팔아야 하는 거 아니야? 오빠 보험료로 간신히 돌려막고 있긴 하지만 더 이상은 무리야."

"벌목장은… 못 팔아. 저당 잡혔잖아."

"이제 어떻게 해……."

강수가 나무에서 떨어지면서 그의 가계도 나락으로 떨어졌다.

척추가 부러지면서 드는 비용은 생각보다 엄청났고, 그것은 실비나 의료보장보험으론 도무지 감당할 수 없었다.

때문에 희수는 자신이 들어놓은 적금을 모두 깨고 강수가 저장해 놓은 나무까지 모두 팔아치웠다.

천천히 빚을 갚으면서 한 달에 10만 원씩 차곡차곡 모은 적금을 깨고도 도저히 방법이 없었다.

그래서 희수는 1천만 원이 넘는 빚을 지고 있었다.

강수의 재산 대부분이 은행에 저당 잡혔기 때문이다.

동생 희수는 어려서 혈액이상이란 희귀병에 걸려 하루에 한 번씩 투석을 하지 못하면 일주일 내에 내부의 장기가 모두 썩어버린다.

거기에 혈액을 맑게 해주는 약과 심장의 노폐물을 제거하는 심부전 치료제까지 구매하면 한 달에 족히 150만 원이 거뜬히 나갔다.

이런 상황에서 산림청의 보상정책이 틀어져 버렸으니 빚을 지는 것은 당연한 일이었다.

"흑흑, 오빠, 이제 우린 어떻게 해?"

강수는 동생의 어깨를 다독였다.

"걱정하지 마. 내가 알아서 할 테니까."

"하지만 오빠는……."

"됐으니까 울지 마. 내가 알아서 한다잖아."

"…응."

한바탕 깽판이라도 놓고 싶지만 이놈의 반병신 신세의 몸 때문에 그렇게 할 수도 없었다.

'개새끼들, 두고 보자.'

강수는 복수심에 이를 갈았다.

*　　*　　*

하늘이 무너져도 솟아날 구멍은 있다고 했다.

강수는 하늘이 무너져 끝도 없는 나락으로 떨어졌어도 꿋꿋이 살아남았다.

엉망진창인 지금 이 상황도 특유의 근성으로 이겨낼 것이다.

최소한 지금은 목숨이라도 붙어 있지 않은가?

그는 자신의 심장 부근에 잠들어 있는 드래곤 하트의 상태를 살폈다.

"후우……."

병실에 누운 상태로 천천히 심호흡을 한 강수는 단전 부근에 아주 희미하게 남아 있는 마나를 느껴보았다.

영혼이 이동하면서 마나 홀까지 함께 그의 몸에 자리 잡은 것이다.

'죽으라는 법은 없군.'

강수는 단전에서부터 온몸에 걸쳐 지나다니는 혈맥에 마나를 옮겨 실었다.

우우우우웅!

이제 마나는 혈맥을 타고 심장으로 들어가 드래곤 하트가 어떤 상태인지 확인할 것이다.

잠시 후, 드래곤 하트가 강수의 마나에 반응했다.

끼이이잉!

"으, 으윽!"

드래곤 하트는 영혼을 타고 이동하면서 스스로 보호막을 만들어놓은 상태였다.

때문에 이곳에서 직접적으로 마나나 용언을 끌어내는 것은 불가능했다.

"제기랄, 이놈의 도마뱀은 죽어서도 사람 골치를 썩게 만드는군."

이 정도의 마나로는 아마 기본 마법인 아이스볼트조차 소환하지 못할 것이다.

강수는 어려서 드래곤의 레어로 끌려오면서 정원에 사는 마물들과 함께 자랐다.

그때 그는 정원에서 죽지 않고 살아남기 위해 소환술을 배웠다.

소환술은 마나를 이용해 아공간을 부유하고 있는 물질이나 정령계의 물질을 소환하는 마법이다.

주로 그가 사용하던 소환술은 오대원소를 이용한 공격 마법으로, 오대원소를 소환하여 자유자재로 다룰 수 있었다.

덕분에 드래곤의 정원을 모두 평정할 수 있었지만 지금 이 미력한 마나로 과연 무엇을 할 수 있을지 의문이다.

"답답하군."

바로 그때였다.

두근두근!

불현듯 드래곤 하트가 요동치더니 이내 녹색의 기운을 뱉어냈다.

울컥!

"컥!"

자극을 받은 드래곤 하트가 마나에 반응한 것이다.

심장을 타고 목구멍으로 넘어온 물질은 다름 아닌 엔트의 씨앗이었다.

아무래도 아힌리히트의 심장을 집어삼킨 후에 나타난 일종의 부작용, 혹은 발작 같았다.

"이건……."

엔트의 씨앗은 흙이 있는 곳이라면 어디든 싹을 틔우고 일주일 만에 묘목으로 자라난다.

그리고 2주일 동안 심혈을 기울여 정성껏 마나를 공급해 준다면 열매를 맺을 수도 있다.

엔트는 나무의 정령으로, 걸어 다니는 고목으로 성장하기도 했다.

그전에는 지성을 갖추고 있지는 않지만 사람들에게 아주 이로운 것들을 제공해 준다.

이를테면 엔트의 열매는 지상 최고의 치료제로 알려져 있으며, 그 치료제라면 부서진 척추를 일부 바로 세울 수도 있을 것이다.

"후우, 좋아. 희망을 한번 걸어보지."

양팔을 움직일 수 있는 강수이기에 최소한 나무를 키울 수는 있을지도 모른다.

그는 동생 희수에게 전화를 걸었다.

* * *

희수는 강수의 심부름으로 작은 화분과 부엽토를 사서 병실을 찾았다.

그녀는 난데없이 화분에 작은 씨앗을 심고 흙을 잘 덮은 후

물을 주라는 강수의 말에 고개를 갸웃거렸다.

"갑자기 화분은 왜? 분재라도 하려고?"

강수는 대충 그녀의 말을 받아넘겼다.

"그냥. 내가 요즘 너무 힘들어서 힐링이라도 좀 받으려고 그래."

희수는 강수의 말에 아련한 눈빛으로 고개를 끄덕였다.

"그래, 화분이 정서에 좋긴 하다더라. 이것으로 오빠의 정서가 안정된다면야……."

설마하니 화분 하나로 더러워진 기분이 아주 말끔해질 리는 없을 것이다.

하지만 강수는 애써 미소를 지었다.

"…기분이 금방 좋아지는구나."

"정말?"

"응. 마음속 깊은 곳에서부터 차오르던 열이 식는 느낌이야."

"하긴 오빠는 평생 숲에서 살았으니까 그럴 수도 있겠어."

숲의 종족인 엘프로 살아오긴 했지만 사실 강수는 나무를 싫어했다.

세계수 잎사귀에서 태어나 그 종족에게 버림을 받은 그이기에 녹음을 좋아할 리가 없었다.

'잎사귀만 봐도 아주 치가 떨리는군.'

하지만 그래도 참아야 한다.

엔트야말로 그가 기대를 걸어볼 마지막 희망이기 때문이다.

*　　*　　*

엔트의 씨앗을 화분에 심은 지 이틀, 싹이 자라났다.

손가락만 한 싹에 강수가 마나를 주입하자 꿈틀거렸다.

사라락!

엔트는 식물임과 동시에 동물에 속하기 때문에 어느 정도 크면 사람의 말을 알아들을 수 있다.

그러다 고목으로 자라나면 인간과 소통할 수 있을 정도의 지성을 갖추게 되는 것이다.

그때까지 기다린다면 아마 엔트를 벌목해서 판자로 팔아먹을 수 있을지도 모른다.

강수는 엔트의 잎사귀를 연신 쓰다듬었다.

"후후, 짜식. 잘 자라는군."

엔트의 잎사귀는 아무것도 모른 채 강수의 마나를 머금고 무럭무럭 자라 나갔다.

엔트 분재 일주일째, 드디어 묘목으로서의 모습을 갖추었다.

희수는 하루가 다르게 자라나는 엔트를 바라보며 연신 고개를 갸웃거렸다.

"근데 오빠, 저 나무는 원래 저렇게 성장이 빨라?"

"그게 이상한 건가?"

"상식적으로 일주일 만에 묘목으로 성장하는 나무가 어디 있어? 안 그래?"

강수는 어려서부터 숲에서 살아왔지만 나무에 대한 지식은 자신보다 다소 부족한 동생을 설득시켰다.

"저런 종이 있어. 메타세쿼이아보다 훨씬 더 크게 자라나지. 종이 큰 만큼 싹도 크고 성장도 빨라."

"그래? 종의 이름이 뭔데?"

"뭐라더라? 그……."

"그?"

"아무튼 그런 것이 있어. 어찌 되었든 잘 크기만 하면 되는 것 아니야?"

"뭐, 그렇긴 하지만."

엔트를 의심의 눈초리로 바라보긴 하지만 별 탈은 없을 것이다.

* * *

이 주일째.

마침내 엔트의 묘목에 열매가 열렸다.

강수는 녀석의 팔에 달린 열매를 따 먹기 위해 손을 뻗었다.

하지만 벌써부터 방어본능이 생겨 버린 엔트가 이리저리 몸을 비틀었다.

끼잉, 끼잉!

"자식이."

이럴 땐 매가 약이다.

퍽퍽퍽!

몇 대 맞고 난 녀석은 강수의 손 위에 척하고 열매를 가져다 놓았다.

"세상 모든 생물은 맞아야 말을 듣지."

엔트 역시 씨앗으로 종을 번식시키기 때문에 열매는 상당히 중요했다.

인간으로 따지면 아이와 같은 것이니 당연히 그것을 쉽게 줄 리가 없었다.

하지만 그렇게 중요한 열매라도 큰 고통을 겪게 되면 자연스럽게 넘길 수밖에 없다.

어차피 계속해서 생기는 열매를 지키기 위해 모진 매질을 견딜 필요까진 없기 때문이다.

강수는 회초리로 매질을 해서 얻은 엔트의 열매를 입에 집어넣었다.

우득!

"크윽!"

엔트의 열매는 상상을 초월하는 쓴맛을 낸다.

아마 아무런 조미 없이 그냥 먹었다간 혀가 마비될 정도의 사악한 풍미에 사로잡히고 말 것이다.

하지만 강수는 그것을 인내한 채 엔트의 열매를 씹어 삼켰다.

꿀꺽!

"제길, 더럽게 쓰군."

가까스로 씁쓸함을 견뎌낸 강수는 엔트의 열매가 자신의 신체에 미치는 영향을 확인했다.

우드드득!

"으윽!"

박살 난 뼈를 붙이기 위해 엔트의 열매가 치료를 시작했다.

그 기분이 썩 좋지는 않았다.

잔뜩 일그러진 강수의 표정, 하지만 그는 가까스로 그 고통을 감내해 냈다.

"후우, 죽을 것 같군."

하지만 그것도 잠시, 그는 이내 몸을 15도 정도 일으킬 수 있을 만큼 목에 힘을 줄 수 있게 되었다.

"효과가 있다!"

열매를 빼앗긴 엔트에겐 미안한 일이지만 강수에게도 드디어 희망이 생긴 것이다.

*　　*　　*

휠체어를 탈 수 있게 된 강수는 다짜고짜 퇴원을 선언했다.

보호자인 희수는 말도 안 된다며 난리를 쳤지만 지금 그에게 있어 입원은 너무 큰 사치였다.

퇴원신청서를 작성하기 위해 주치의의 소견을 듣는 자리, 담당의 김형진은 강수의 X-ray 사진을 남매에게 보여주며 말했다.

"기적이네요."

"그 정도로 경과가 좋나요?"

담당의는 척추 모형을 가리키며 말했다.

"잘 보십시오. 척추는 26개로 이뤄져 있습니다. 원래 사람은 이 중 하나만 부러지거나 뒤틀려도 평생 걷지 못할 수도 있습니다. 그런데 이강수 씨의 경우엔 이 26개의 척추가 모두 다 부러졌습니다. 그로 인해 척추 안의 척수도 손상을 입었고요."

"음."

"그런데 지금 환자분의 사진을 보면 아시겠지만 경추 부분이 거의 다 정상으로 돌아왔지요? 더군다나 척수까지 일부 회복되었습니다."

의학에 대해 문외한인 희수가 보기에도 강수의 회복은 신기에 가까울 정도였다.

"하느님께서 우리 오빠를 돌봐주신 것이 틀림없어요."

"제가 교회를 다니다 요즘 뜸했는데 다시 나갈까 싶은 생각이 들 정도네요. 뜬금없이 부러진 뼈가 이 주일 만에 철썩 붙다니, 이것 참……."

이 세상엔 과학으로 설명할 수 없는 일이 무수히 많이 일어난다.

강수의 경우도 과학으론 도저히 설명할 수 없는 힘으로 회복한 것이니 의사는 혀를 내두를 수밖에 없었다.

"아무튼 휠체어를 탈 수 있으니 이젠 퇴원해도 괜찮겠죠?"

"하지만 아직 나머지 척추가 제자리를 잡지 못해서……."

"어쩔 수 없잖습니까? 병원비가 없어서 가계가 파탄 나게 생겼는데."

"아무리 그렇다고는 해도……."

"여하튼 사정이 그렇게 되었으니 퇴원시켜 주시지요. 인가를 내주지 않으셔도 제가 알아서 병원을 나갈 것이긴 합니다만."

김형진은 깊은 한숨을 푹 내쉬었다.

"후우, 좋습니다. 그럼 일주일에 한 번, 적어도 한 달에 한 번은 꼭 내원하시는 조건하에 보내드리도록 하죠."

"알겠습니다. 그렇게 합시다."

강수는 아직 성치 않은 몸을 이끌고 병원을 나섰다.

제2장
밥벌이는 힘든 법

퇴원 후 집으로 가는 길.

쇄아아아아아!

버스 창문을 연 강수는 정선의 바람을 만끽했다. 그리고 고개를 내밀어 강성마을의 풍경을 둘러보았다.

강성마을은 사면이 모두 산이고 대부분이 고랭지 농사나 임업에 종사했다.

그렇기 때문에 깨끗한 물과 공기는 보증된 셈이다.

하지만 한번 산지가 피해를 입기 시작하면 마을은 거의 초토화 직전까지 몰리게 된다.

"처참하군."

재선충은 그 전염 속도가 상당히 빠른 편이기 때문에 산 하나를 황무지로 만드는 데 채 한 달도 걸리지 않는다.

또한 한번 감염되면 회복이 불가능하며 뚜렷한 예방책도 아직까진 존재하지 않았다.

때문에 재선충이 한번 창궐하면 그 마을은 그야말로 초토화가 될 수밖에 없었다.

강수는 강성마을에서 키우고 있던 나무의 절반이 사라져 생긴 숲의 공백이 주는 스산함에 몸을 떨었다.

"앞으로는 더욱 먹고살기 힘들어지겠어."

평소에는 동네에서 간단한 부식이나 곡물을 사다 먹을 수 있었지만 이제는 읍내로 직접 나가서 음식을 구해야 할 것이다.

마을에 재선충이 창궐하고 나면 남는 것이 거의 없기 때문에 물가가 미친 듯이 치솟는다.

물론 읍내에서 물건을 구해다 쓰면 전혀 물가의 영향을 받지 않겠지만 이곳에서 읍내까지는 약 두 시간 30분이 걸린다.

직선거리로는 30분이면 족히 도착하겠지만 산속 깊숙한 곳에 처박혀 있는 강성마을의 경우엔 아무리 빨리 달려도 두 시간 이상 걸린다.

하루 벌어 하루 먹고살기도 빠듯한 마당에 두 시간이 넘는 거리를 오가며 먹을거리를 공수하기란 쉽지 않은 일이다.

앞으로 도대체 어떻게 먹고살 것인지 다시 한 번 막막해져 왔다.

상념에 젖어 있던 강수의 고개가 불현듯 돌아갔다.

끼익!

마을버스가 집 근처에 도착하자 버스기사가 강수를 불렀다.

"어이, 강수! 다 왔어!"

"예, 형님."

이곳의 버스기사는 강수와 어려서부터 함께한 친구 현우의 친형이다.

때문에 적어도 읍내와 마을을 오갈 때 내는 차비는 걱정할 필요가 없었다.

정선의 버스는 한정된 수량의 무료 티켓을 시에서 지원해주는데, 강성마을의 경우엔 그 티켓이 아주 많이 남는다.

무료 티켓은 버스회사에서 관리하기 때문에 아는 사람들에겐 버스가 거의 무료인 셈이다.

강수는 현우의 친형 형우에게 고개를 꾸벅 숙였다.

"감사합니다, 형님."

"별소리를. 몸조리 잘해라. 현우가 허리 부러졌다고 걱정 많이 하더라."

"예, 형님. 살펴 가십시오."

형우는 버스를 멈추어 세우고 장애인이 내릴 수 있도록 만든 휠체어 레일을 깔아주었다.

위이이이잉.

희수의 도움으로 휠체어 레일을 타고 버스에서 내린 강수는 무척이나 감회가 새롭다.

'살다 보니 장애우 전용 장비를 사용하게 될 줄이야.'

인생은 한 치 앞을 내다볼 수 없다는 말이 맞는 모양이다.

*　　*　　*

희수의 도움을 받아 집으로 가는 길.

강수가 피땀 흘려 가꾸어놓은 1만 5천 평 산지는 모두 벌거숭이가 되어버렸다.

강수는 황폐해진 산지를 바라보며 깊은 한숨을 내쉬었다.

"후우, 개새끼들. 아주 깡그리 밀어버렸군그래."

"재선충이 돌았으니까. 그 사람들 말이 펄프값으로 한 그루당 2만 원은 받을 수 있을 거라고 하더라고."

한 그루에 족히 100만 원은 나올 나무를 2만 원씩 쳐서 보상한다니 기가 막혀 말도 제대로 안 나오는 강수다.

"미친놈들이군. 재선충에 감염되었어도 땔감으로 사용하

면 충분히 값이 나갈 텐데, 뭐 펄프?"

"유충이 생길 수도 있다고 모두 태웠대."

아무래도 산림조합에서 무슨 수를 쓴 것이 분명했다.

마을에서 일어나는 메가톤급 재앙의 이면에는 항상 산림조합이 있었다. 비교적 정부의 그늘에서 떨어져 있는 강성마을 산림조합은 그야말로 정경유착, 부정부패의 온상이었다.

"중간에서 얼마간 떼어먹고 그 하바리들이 또 떼어먹었겠지."

"또?"

"사기로 백억을 넘게 해처먹는 놈들이야. 그런 기회는 좀처럼 잘 오지 않으니 이렇게라도 해먹으려 들겠지."

이제 산림조합이라면 아주 신물이 나는 강수다.

"아무튼 조만간 산지를 모두 뒤엎고 다시 분재를 시작해야겠어."

"차라리 고랭지 농사를 짓는 건 어때? 나무는 몇 개월 안에 수확할 수 없잖아."

강수는 고개를 가로저었다.

"아니야. 다 방법이 있어."

"그래? 오빠가 그렇다면야……."

휠체어를 밀고 집으로 향하는 강수의 표정이 사뭇 비장했다.

*　　*　　*

다음 날 아침, 자리에 누운 강수는 명상에 잠겼다.

"후우……."

숲의 종족이 그를 버리긴 했지만 뼛속 깊숙한 곳에 잠들어 있는 엘프족의 본능은 변하지 않았다.

제물로 바쳐진 순간부터 숲을 증오하게 된 강수지만 그곳에서 힘을 얻을 수 있는 것은 불변의 진리이다.

꽤나 머리가 아픈 상황이긴 하지만 강수에게 있어 지금 이곳 강성마을은 무너진 하늘의 한줄기 빛과 같았다.

숲에는 마나와 정기가 가득하기 때문에 그의 심장을 둘러싸고 있는 용언의 방어막을 녹이고 마나 홀을 채우는 데 큰 도움이 된다.

특히나 강성마을은 임업에 종사하는 마을이기에 재선충 피해를 입었다곤 해도 여전히 빽빽한 산지로 둘러싸야 있었다.

강수에겐 더없이 좋은 수련 장소인 것이다.

우우우웅.

마나를 움직여 단전을 자극하자 그 주변에 있던 마나가 숲에 있는 마나를 천천히 빨아들이기 시작했다.

원래 엘프들은 마법이 아닌 정령술이나 체술을 익혀 적에게 대응하도록 훈련을 받는다.

하지만 강수는 어릴 때부터 드래곤의 정원에서 자랐기 때문에 엘프들과는 전혀 다른 훈련 방법을 익힐 수밖에 없었다.

때문에 마나를 소모하는 소환술을 배울 수 있었던 것이다.

그는 자신의 마나 홀을 채우고 있는 마나 양을 가늠해 보았다.

"정말 보잘것없군. 이래선 피카루 한 마리 소환하기 힘들겠어."

그나마 그가 엔트의 씨앗을 소환할 수 있던 것은 운이 좋았다.

원래 엔트는 정령 중에서도 꽤나 고위군에 속하기 때문에 엔트 자체를 소환하는 것은 상당히 힘든 일이다.

그런 엔트 대신 씨앗을 소환하면 마나는 적게 들겠지만 그 확률은 상당히 낮아진다.

엔트는 열매를 자신의 아이로 여기기 때문에 어지간하면 그것을 빼앗기지 않기 위해 안간힘을 쓰기 때문이다.

한차례 마나 연공을 끝내고 자리에서 몸을 일으킨 강수는 척추를 만져보았다.

이제 경추는 모두 치료되었고 꼬리뼈와 골반은 어느 정도 붙은 상태이다.

어렵사리 몸을 일으킬 수 있을 정도가 되었고, 목과 팔은 자유자재로 사용할 수 있었다.

"제길, 아직 걸어 다니는 것은 무리군."

원래라면 몸을 지지하는 S자 곡선이 모두 무너져 버린 강수가 걷는다는 것은 있을 수 없는 일이었다.

앞으로 조금 더 노력이 필요했다.

* * *

엔트에게서 열매를 주기적으로 복용하여 몸이 많이 좋아진 강수는 목발을 집고 돌아다닐 수 있을 정도가 되었다.

강수는 자신을 바라보며 몸을 이리저리 흔들고 있는 묘목을 바라보았다.

"어쩔 수 없지."

꽤나 쓸모가 있는 엔트 묘목이지만 이제 녀석을 처리할 때가 되었다.

엔트가 묘목에서 두꺼운 갑옷을 두른 중간 크기의 나무로 자라나는 데 걸리는 시간은 불과 한 달. 그 안에 녀석을 처치하지 않으면 꽤나 골치가 아파진다.

엔트는 정령 중에서도 제법 강력한 힘을 가진 놈이기 때문에 중간 크기의 중묘목이라곤 해도 그 힘이 상상을 초월했다.

잘못하면 그가 되레 목숨을 잃을 수도 있었다.

강수는 녀석에서 열매 스무 개를 얻은 후 벌목하기로 결정했다.

꾸룩꾸룩!

밧줄로 온몸이 꽁꽁 묶인 엔트 묘목은 본능적으로 죽음을 느꼈는지 이리저리 몸을 비틀어댔다.

하지만 손발이 묶인 채로 강수에게 반항할 수 있을 리가 없었다.

"저항하지 마라. 도끼가 빗나가면 너만 손해니까."

강수는 녀석의 하반신을 땅에 묻곤 이내 허리를 도끼로 내려치기 시작했다.

퍼억퍼억!

꾸룩!

전기톱으로 절단하면 간단하겠지만 몸부림치는 엔트를 반토막 내는 일은 말처럼 쉽지가 않았다.

엔트는 살아 움직이기 때문에 가만히 멈추어 있는 일반적인 나무와는 달랐다.

만약 성치 않은 몸에 전기톱을 잡았다가 자칫 날이 엇나가기라도 하는 날엔 그대로 강수의 몸이 양분될 수도 있었다.

그래서 조금 수고스럽지만 손도끼를 쓸 수밖에 없었다.

퍽퍽퍽퍽!

엔트의 몸에서 흘러나오는 수액은 해갈에 좋으며 피를 맑게 하는 기능이 있다.

강수는 도끼질을 하다 말고 엔트의 몸에 고무 호수를 꽂고 호수에 페트병을 연결했다.

똑똑.

엔트가 숨을 거두고 난 후에도 수액은 계속해서 나올 테니 이것을 가지고 희수를 치료하는 데 사용할 생각이다.

"아낌없이 주는 나무라……."

소설 속 이야기이지만 실제 지성을 가진 엔트가 들으면 천인공노할 말이다.

* * *

아무것도 없는 강수의 산에 1톤 트럭이 굉음을 내며 달려오왔다.

부아아아앙!

강수는 목발을 짚고 선 채로 손을 흔들었다.

"어이!"

그의 친구 현우가 강수의 부탁을 받고 1톤 트럭을 몰고 산을 오른 것이다.

현우는 텅텅 빈 벌목지 한가운데 선 강수를 발견하곤 이내 차를 멈추어 세웠다.

끼이이이익!

이윽고 차에서 내린 현우가 땀범벅이 되어 있는 강수에게 다가왔다.

"야, 인마, 어떻게 된 거야? 갑자기 웬 나무?"

"그런 일이 좀 있었어. 하여간 이것 좀 옮겨줘. 값은 제대로 쳐줄게."

강수가 베어놓은 나무는 원목 공예나 원자재로 사용하면 꽤나 값이 나갈 만한 물건이었다.

홀라당 불에 타버린 산에서 나무를 베어다 놓다니, 현우는 연신 고개를 갸웃거렸다.

"알 수 없는 놈이네. 재선충 때문에 마을이 난리인데 어디서 나무를 구했어? 나머지 구역은 벌목이 금지되어 있잖아?"

"내가 숨겨둔 나무 몇 그루 있었어. 그것을 쪼개놓은 것뿐이야."

"그 몸으로?"

"별수 있냐? 먹고살자면 이런 몸이라도 움직여야지."

현우는 고개를 가로저었다.

"참 독종이라니까."

그는 성인 여성 허리 굵기의 나무를 차곡차곡 짐칸에 쌓았다.

엔트를 벨 때는 몰랐는데 녀석의 씨알도 그렇게 작은 편은 아니었던 모양이다.

쌓다 보니 어느새 짐칸 한구석을 다 차지했다.

'조금만 늦었어도 죽을 뻔했군.'

저 덩치에 지성을 가졌다면 아마 강수가 녀석을 제압할 수 없었을지도 모른다.

현우가 적재를 끝내자 강수는 조수석에 올라타고 말했다.

"우리 집으로 좀 데려다 줘."

"알겠어."

두 사람은 강수의 집으로 향했다.

*　　　*　　　*

목발을 짚고 할 수 있는 일은 그렇게 많지가 않았다.

그저 지성이 없는 나무를 싣고 와서 반 토막 내는 것이라면 몰라도 초토화된 산지를 갈아엎을 수는 없는 노릇이다.

하지만 엔트 묘목은 관리만 잘해주면 알아서 싹을 틔우는 극강의 생명력을 가진 생명체이다.

강수는 물에 불려 발아해 놓은 씨앗을 심고 흙으로 그 위를 덮었다.

그리고 집에서 가지고 온 거름을 뿌려 씨앗이 잘 자라도록 했다.

쏴아아아아아.

물을 몇 바가지 퍼주고 난 후 그는 다시 한 번 땅을 다져서 혹시나 씨앗이 떠내려가지 않도록 했다.

이제 일주일만 기다리면 이곳에서 스무 그루의 묘목이 자라날 것이다.

"후우, 다 끝났군."

혼자 목발을 짚고 작업하고 나니 온몸이 흙투성이다.

그는 문득 집에서 자신을 잡아먹을 듯한 눈으로 바라볼 동생이 떠올랐다.

"한소리 듣겠는데."

작업을 끝낸 그는 이내 집으로 향했다.

늦은 저녁, 희수는 흙투성이가 된 강수를 바라보며 기겁하며 소리쳤다.

"세상에! 도대체 어디서 뭘 하다가 온 거야?!"

"밭일 좀 했어."

"밭일?! 그 몸으로 무슨 밭일이야?!"

"목발 짚고 하면 그럭저럭 움직일 만해."

"그러다 몸이라도 상하면 어떻게 해!"

기가 막힌다는 듯이 강수를 바라보던 그녀가 불현듯 물었다.

"…하아, 밥은 먹었어?"

"아직."

하루 종일 산을 타고 씨앗을 뿌리며 다시 반나절 동안 산을 탔는데 끼니를 제대로 챙겨 먹었을 리 만무했다.

"얼른 씻고 와. 밥 차려줄게."

"그래."

강수는 욕실로 들어가 옷을 벗고 바닥에 엉덩이를 붙이고 앉았다.

철썩.

"차갑군."

강수는 그 언젠가 힘없는 노인들이 바닥에 앉아 샤워를 한다는 소리를 들은 적이 있었다.

그는 이 얘기가 자신과는 전혀 상관없는 먼 얘기라고만 생각했다.

하지만 정작 차가운 바닥에 앉아보니 감회가 새로웠다.

"인생 정말 모르네."

강수는 간신히 옷을 벗고 물을 끼얹어 흙을 제거해 나갔다.

슥삭슥삭.

그나마 팔과 목을 가눌 수 있으니 동생의 도움을 받지 않아도 되어 다행이었다.

무려 30분이나 걸려 샤워를 마친 강수는 말끔한 모습으로 나왔다.

그는 깨끗하게 손질된 목발을 짚고 자신의 방으로 향했다.

드르륵.

방 두 칸에 헛간 두 개, 거실 하나가 달린 개조 한옥은 시골 특유의 곰삭은 냄새가 났다.

강수는 방 한구석에 숨겨놓은 엔트의 수액이 담긴 페트병을 꺼냈다.

엔트의 수액은 채취와 동시에 밀봉해 놓았다가 햇볕이 들지 않는 방에 며칠 푹 묵혀야 비로소 그 약효가 발휘된다.

그는 동생의 병에 엔트의 수액이 효과가 있을지 알아보기로 한 것이다.

밥상머리 앞에 앉은 강수는 그녀에게 페트병을 건넸다.

"자, 마셔."

"이게 뭔데?"

"고로쇠 물이야."

"고로쇠?"

"그냥 고로쇠는 아니고 좀 특별한 거야. 몸에 좋다니까 마셔봐."

그녀는 컵에 엔트의 수액을 따라서 살짝 맛을 보았다.

"으윽, 써!"

"몸에 좋은 거야. 남기지 말고 다 마셔. 귀한 거니까."

"그, 그렇지만……."

"맞고 마실래, 그냥 마실래?"

"피이! 매일 구박이야."

강수의 조용한 으르렁거림에 그녀가 어쩔 수 없이 수액을 넘겼다.

꿀꺽!

"으웩!"

"다 마셔."

꿀꺽꿀꺽!

"으윽!"

강수는 수액을 한 컵 다 마신 그녀를 확인하고 나서야 수저를 들었다.

"자, 먹자."

"입맛 없어."

"그래도 먹어. 삼 일 후에 투석받으려면 잘 먹어야지."

"알겠어."

남매는 밥상에 둘러앉아 조용히 식사를 시작했다.

제3장

그럼에도 살아가야 한다

이른 새벽, 새벽닭이 힘차게 아침을 맞이했다.

꼬끼오!

강수는 그 소리에 잠에서 깨어 이부자리를 정돈했다.

턱턱.

비록 아직 하반신은 제대로 사용할 수 없지만 팔은 움직일 수 있으니 이불 정돈 정도는 혼자서 할 수 있었다.

이윽고 자리에서 일어선 강수는 부엌으로 나가 냉장고 문을 열고 반찬을 차례대로 꺼냈다.

그리곤 동그란 밥상에 반찬을 놓고 밥그릇에 밥을 떠서 정갈하게 올려놓았다.

밥그릇은 두 개인데 하나는 뚜껑이 덮어 있었다.

"밥이 좀 질군."

희수가 늦은 밤 잠에 취해 물 조절에 실패한 것이 틀림없었다.

중학교를 중퇴하고 생업전선에 뛰어든 그는 새벽에 숲으로 나가 저녁이 되어서야 집으로 돌아왔다.

하지만 그런 바쁜 와중에도 학교에 다니는 동생을 위해 아침을 차려주는 것을 잊지 않았다.

이젠 동생이 새벽밥을 먹지 않아도 상관없었지만 그는 아직도 그때의 습관이 몸에 남아 있어 이렇게 희수의 상까지 차리는 것이다.

자연스레 밥상을 차리고 몇 술 뜨고 나니 시간은 새벽 다섯 시를 향했다.

"이크, 늦겠다."

아직 동생은 깊은 잠에 빠져 있지만 그는 생업을 책임지기 위해 길을 나섰다.

생존을 위해 투쟁하던 레비로스는 이제 병약한 동생을 책임지는 한 가정의 가장이 되어 있었다.

해가 뜨기 전, 강수는 힘겹게 산비탈을 올랐다.

더벅터벅.

"허억허억!"

벌목업에 종사하던 강수는 1톤 트럭은 물론이고 2.5톤 트럭까지 소유하고 있었다.

하지만 가세가 기울고 난 후 2.5톤은 팔고 1톤 트럭 한 대만 남겨두었다.

그나마 그것이 강수가 가진 전부지만 지금은 그마저도 탈 수 없었다.

앉아서 다리를 움직이기가 힘든 강수의 몸으로 트럭의 기어를 조작하고 페달을 밟을 수 없기 때문이다.

때문에 목발을 짚고 이른 아침부터 산을 오를 수밖에 없었다.

강수가 일부러 이른 새벽에 이곳을 오르는 것은 아직 해가 뜨지 않았기 때문이다.

만약 해가 떠 있었다면 덥고 뜨거워서 결코 산을 오를 수 없었을 것이다.

그렇게 쉴 새 없이 산을 오른 지 세 시간째, 드디어 강수는 자신의 소유지에 도착했다.

"후우, 쉽지가 않군그래."

뒤돌아선 강수는 산비탈에서 불어오는 산들바람에 심호흡을 했다.

휘이이잉!

강수가 답답한 벌목 일을 하면서도 포기하지 않고 버틸 수 있던 것은 바로 이 산들바람 덕분이다.

산들바람은 가슴속에 쌓여 있는 응어리와 답답함을 녹여 주었다.

한차례 땀을 식힌 강수는 이내 성인 남성의 허리까지 오는 엔트의 묘목으로 다가갔다.

사스락!

녀석은 사람이 다가오자 날을 바짝 세우며 경계했다.

"또 시작이군. 아직 자각 능력이 생기지 않았나?"

벌써 강수를 본 지 2주가 지났지만 녀석은 강수를 알아보지 못하는 것 같았다.

일이야 어찌 되었든 녀석에게서 열매를 얻는 일은 가능할 테니 아무래도 좋았다.

"자, 시작하자."

끼익!

엔트들은 강수가 손을 뻗자 몸을 이리저리 흔들며 반항의 몸짓을 했다.

하지만 그런 몸부림을 보일 때마다 강수의 손찌검이 작렬했다.

퍽퍽퍽!

끼익…….

"하여간 이것들은 꼭 맞아야 말을 듣지."

그나마 환생하면서 성질이 많이 중화되긴 했지만 여전히 그는 세상에서 가장 성질 더러운 엘프 레비로스이다.

그를 자극해서 엔트 묘목들에게 좋을 일은 아마 하나도 없을 것이다.

강수는 일일이 묘목들을 두들겨 패가면서 열매를 수확했다.

"한 그루에 스무 개씩이라……. 성장이 더디군."

저번 엔트 묘목보다 약 삼분의 일 정도 수확이 적은 것을 보니 토양이나 거름에 문제가 있는 모양이다.

그게 아니라면 녀석들의 거리가 좁아서 그런 것일 수도 있었다.

"뭐, 어찌 되었든 수확이 없는 것보다는 낫지."

강수는 이내 수확한 열매 중 가장 큰 것 몇 개를 추려서 곧장 입으로 가져갔다.

꽈드득!

"쩝쩝. 으윽! 맛 참 더럽게 없군."

저번보다 훨씬 더 씁쓸하지만 이것은 아주 희망적인 사실이다.

열매의 씁쓸함이 강해질수록 그 효능이 점점 짙어지고 있다는 것을 반증하기 때문이다.

한차례 열매를 수확하고 난 강수는 녀석들의 상태를 확인했다.

퍽퍽!

낫으로 옆구리를 치자 녀석들이 몸부림을 쳤다.

끼이익!

하지만 강수는 전혀 개의치 않고 조각난 녀석의 옆구리를 들추어 나이테를 확인했다.

추륵…….

아직 나이테는 생성되지 않았다.

"좋아, 며칠은 더 살 수 있겠군. 다행으로 알아라."

이윽고 강수는 열매를 등에 지고 다시 산비탈을 내려갔다.

* * *

다음 날, 병원을 찾은 강수는 희수의 상태에 대해 전해 들었다.

의사는 희수의 상태를 진단하곤 의아함을 감추지 못했다.

"백혈구 수치가… 많이 높아졌네요. 적혈구 수치도 적당하고요. 노폐물도 이전의 절반으로 줄었습니다."

희수가 고개를 갸웃거렸다.

"그게 무슨 소리인가요?"

"자연치유력이 생겼거나 심장이나 신장이 제 역할을 하고 있다는 소리지요."

"그렇다는 것은……."

"상태가 매우 호전되고 있습니다. 장담하긴 힘들지만 앞으로 점점 더 상태가 좋아질 겁니다."

그녀는 기쁨을 감추지 못했다.

"어머나! 정말이에요?"

희수는 강수의 손을 잡곤 살며시 눈을 감았다.

"하느님, 감사합니다! 정말 감사합니다! 가뜩이나 돈도 없는 이때에……!"

"그만하지? 선생님도 보고 계신데."

아마도 그녀는 강수가 가져다준 고로쇠 수액이 결정적인 역할을 했다곤 전혀 생각지도 않을 것이다.

엔트의 진액은 혈액을 깨끗하게 해주는 비약으로 사용되었다. 고대 문헌에는 심각한 현기증으로 앓아누운 옛 황제가 일어났다는 기록이 있다.

인간의 능력으로 엔트의 진액을 어떻게 얻었는지는 알 수 없지만 동맥경화로 보이는 증상으로 앓아누운 사람을 살렸다는 것만큼은 분명한 사실이다.

강수는 그 문헌의 짧은 기록을 토대로 동생에게 엔트의 진액을 먹인 것이다.

과연 인간에게 엔트의 진액이 어떤 작용을 할지는 모르지만 결과적으로 강수의 판단이 옳았다.

의사는 그녀에게 이전보다 절반쯤 낮은 함량의 약을 처방했다.

"일주일 후에 다시 뵙지요. 그전에 이상이 생긴다면 당장 병원을 찾으시고요."

"네, 알겠습니다."

꾸벅 고개를 숙인 남매는 병원을 나섰다.

희수가 진료를 받고 난 후엔 강수의 상태를 확인하기 위해 정형외과를 찾았다.

사실 강수의 상태를 확인하는 일은 큰 의미가 없었지만 희수의 안정을 위해선 꼭 필요했다.

그녀는 강수가 걱정되어 하루도 편히 잠을 자지 못했다.

그 사실을 너무나도 잘 알고 있는 강수는 어쩔 수 없이 진단을 받아야 했다.

주치의 김형진은 감격스러운 표정으로 말했다.

"…기적이군요."

그는 X-ray 필름에 나온 강수의 척추 사진을 가리키며 말했다.

"보면 아시겠지만 엉치뼈와 골반뼈가 제자리를 잡았습니다. 이제 허리를 사용하는 것이 가능해졌다는 소리지요. 하지만 척수의 상태가 온전치 못해서 걷지 못하는 겁니다. 참, 이런 경우는 또 처음이라 뭐라 설명을 드려야 할지 모르겠군요."

화수는 또다시 눈을 감고 말했다.

"아버지, 감사합니다."

"거참, 그놈의 기도는 시도 때도 없이 하는구나."

그 누구의 노력도 아닌 강수의 고행으로 이뤄진 이 결과에 대해서 오히려 신에게 영광을 돌리다니 기분이 조금 묘해질 수밖에 없었다.

"아무튼 이대로 계속해서 좋아진다면 조만간 척추의 결손 회복에도 기대를 걸어볼 수 있겠습니요."

"감사합니다, 선생님."

꾸벅 고개를 숙이는 희수를 보며 강수는 조금 떨떠름한 표정을 지었다.

하지만 뼈가 다시 붙고 있다는 것은 기쁜 일임에 틀림없었다.

* * *

이른 새벽, 강수는 목발을 짚어가며 가파른 산비탈을 올랐다.

터벅터벅!

"허억허억!"

땀이 비 오듯 흐르는 강수지만 표정은 이전보다 한결 가벼워 보였다.

마력의 증강은 크게 이뤄지지 않고 있었지만 신체능력의 회복은 점점 가속도가 붙고 있었기 때문이다.

이제 그는 허리를 숙여 물건을 들어 올리거나 몸을 비트는 등의 행동을 자유자재로 할 수 있게 되었다.

아마 조만간 자리에서 일어나 걸어 다닐 수도 있을 것 같았다.

산을 오른 지 약 두 시간, 그의 소유인 벌목지에 도착했다.

강수는 벌목지 오두막의 두 평 남짓한 창고에서 전기톱을 꺼내어 시동을 걸었다.

드륵, 부아아아앙!

"잘 돌아가는군."

이윽고 강수는 전기톱의 전원을 끄고 손도끼를 들었다.

전기톱은 반 토막 난 엔트를 다듬기 위함이고, 손도끼는 엔트를 두 동강 내기 위함이다.

날이 바짝 선 도끼를 손에 쥔 강수는 이내 나무 밑동에 엉덩이를 붙이고 앉아 자세를 잡았다.

끼이이잉!

"아서라. 그래도 살려줄 생각은 없으니."

강수는 도끼로 엔트의 허리를 거침없이 내려쳤다.

퍽퍽퍽!

끼이익!

도끼로 절반쯤 토막을 내고 그다음은 톱으로 마무리했다.

슥삭슥삭.

"으음, 깔끔하군."

단면을 깔끔하게 처리하는 것도 좋은 원목을 만드는 방법 중 하나이기 때문에 이렇게 톱을 쓰는 것이다.

강수는 쓰러진 엔트의 밑동에 호수를 꽂고 그 아래에 페트병을 연결해 놓았다.

똑똑.

이렇게 수액을 채취한 강수는 이내 다음 엔트를 베어내기 위해 자리를 잡았다.

다음 날, 강수는 남은 나무들을 베기 위해 산을 올랐다.

힘들게 비탈을 오른 강수는 다시 한 번 산들바람을 느껴보았다.

솨아아아아!

"으음, 좋구나!"

이제 저 나무만 베고 나면 다시 씨를 뿌려 조금 더 상품질의 열매를 얻을 수 있을 것이다.

엔트를 심어놓으면 나무의 정령이 뿜어내는 정령력에 의해 땅이 비옥해지고 주변에 있던 나무들의 밑동이 저절로 거름이 되어 없어진다.

한차례 밭갈이를 하고 거름을 치는 것과 같은 효과가 나타난다.

강수는 기쁜 마음에 휴식을 끝내고 다시 도끼를 잡았다.

"퉤, 다시 시작해 볼까?"

퍽퍽퍽!

이제 남은 나무는 네 그루. 반나절이면 모두 벌목하고도 남을 것이다.

빠른 속도로 나무를 베어가던 강수는 뭔가 좀 이상하다는 것을 느낀다.

끼이잉!

"으음?"

무심코 앞을 바라본 그는 자신을 덮쳐오는 거대한 그림자와 마주했다.

부웅!

"크헉!"

이제 막 중묘목으로 자라난 엔트 중 한 마리가 자리에서 일어나 강수를 공격한 것이다.

엔트의 나뭇가지에 맞은 강수는 그 즉시 날려가 뻗어버렸고, 녀석은 죽기 살기로 도망치기 시작했다.

쿵쿵쿵쿵!

"이런 빌어먹을!"

다 자라지도 않은 엔트가 일어선다는 것은 있을 수 없는 일이다.

아마도 비옥한 토양으로 인하여 녀석의 지성이 조금 더 일찍 생겨난 모양이었다.

강수는 찌릿하게 전해져 오는 고통을 곱씹으며 자리에서 몸을 일으켰다.

"썩어문드러질 새끼 같으니!"

자리에서 일어선 강수는 나머지 엔트의 목숨을 재빨리 앗은 후 곧장 집으로 향했다.

* * *

이제 막 자리를 잡아가던 척추가 타격을 받아 자꾸만 시큰거렸다.

목발을 짚고 집으로 돌아오던 도중, 강수는 돌부리에 걸려

움찔거렸다.

"크윽!"

이젠 아주 작은 충격만으로도 허리가 끊어질 것 같은 느낌이 들었다.

하지만 이것은 아주 나쁜 것만은 아니었다.

허리에 통증이 느껴진다는 것은 신경이 모두 살아 있다는 뜻이기 때문이다.

만약 허리에 신경이 남아 있지 않는다면 그가 고통을 느낄 수 있을 리가 없었다.

허리가 치료되는 것은 기쁜 일이지만 그 거대한 엔트가 도망갔다는 것은 썩 달가운 일이 아니었다.

녀석이 숲을 헤집고 다니면서 과연 무슨 일을 벌일지 알 수가 없기 때문이다.

"제기랄, 운이 없어도 너무 없지."

강수는 다 늦은 저녁이 되어서야 집에 도착했다.

마당에 당도하자 희수가 만들어놓은 맛있는 음식 냄새가 진동했다.

"킁킁! 오호! 좀 하는데?"

요리라곤 계란프라이도 제대로 못하던 희수는 이제 제법 찌개 냄새가 나는 밥상을 차릴 정도가 되었다.

아마도 분명 엄청난 노력이 뒤따랐을 것이다.

강수가 노력하는 만큼 그녀도 보이지 않는 곳에서 계속해서 노력했던 모양이다.

"나 왔다."

집에 들어서니 희수가 냄비 가득 버섯을 넣은 전골을 끓여 놓고 있었다.

"오빠 왔어?"

"웬일이냐? 네가 찌개를 다 끓이고."

"오늘 현우 오빠가 집에 왔었거든. 창고에 쌓인 나무를 팔아주고 갔어. 그래서 주머니가 좀 두둑해졌거든."

"이 자식이……."

강수는 한상 가득 차려진 밥을 바라보고 있자니 근심이 조금은 사라지는 것 같았다.

아마 녀석도 오늘 당장 무슨 일을 벌이지는 못할 테니 하루 정도 두고 보는 것도 나쁘지는 않을 것이다.

"먹자."

"많이 먹어."

동생이 처음으로 끓여주는 버섯전골을 맛본 강수는 인상을 확 찌푸린다.

"크흠……."

"어때? 이상해?"

"솔직히 말해줘? 아님……."

"아니, 그냥 먹어줘. 부탁이니까."

도대체 이게 무슨 맛인지 표현할 길이 없을 정도로 맛이 없다.

자신이 싫어하는 사람에게 물 먹이고 싶다면 이런 요리를 대접하면 좋을 것 같았다.

"너 나한테 감정 있냐?"

"뭐? 그렇게 맛이 없어?"

"응."

직설적인 강수의 말에도 그녀는 의기소침해하는 법이 없다.

"쳇, 먹기 싫으면 먹지 마. 내가 다 먹을 테니까."

강수는 고개를 가로저었다.

"누가 안 먹는데? 죽기 싫어서라도 먹어야지."

"뭐, 뭐?!"

적당히 동생을 골려주는 것이 오빠로서의 도리이다.

그는 그녀를 잔뜩 골탕 먹이곤 가까스로 버섯전골을 목구멍으로 넘겼다.

꿀꺽!

'으윽! 이건 뭐 돈을 줘도 못 먹을…….'

바로 그때였다.

'버섯, 버섯……!'

문득 그의 머리를 번뜩 스치는 아주 좋은 물건이 하나 떠올랐다.

강수는 재빨리 밥을 먹어치우곤 자리를 박차고 일어섰다.

"잘 먹었다!"

"어, 어라? 벌써?"

"할 일이 있어. 전골은 식혀서 냉장고에 잘 넣어놔. 다시 먹을 거니까."

이윽고 강수는 곧장 목발을 짚곤 헛간으로 향했다.

*　　　*　　　*

다 자란 엔트는 어지간한 강도의 힘으론 제압할 수 없으며, 꽤나 고위 클래스의 마법으로 간신히 잠재울 수 있는 정령이다.

자연계에 직접 강림한 정령이기 때문에 나무 중에서도 가장 끈질기고 단단한 것이 바로 엔트였다.

하지만 그런 엔트에게도 약점은 있었다.

강수는 헛간 구석에 쪼그리고 앉아 마나 홀에 온 신경을 집중했다.

우웅……!

그는 신체가 회복되면서 덩달아 조금씩 늘어난 마나를 쥐어 짜내어 모두 심장으로 옮겼다.

두근두근!

'크윽!'

심장에 터질 듯한 압박이 전해지면서 드래곤 하트가 반응하기 시작했다.

강력한 보호막으로 둘러싸진 드래곤 하트가 뿜어내는 마나의 진동은 강수의 주변에 푸른색 소용돌이를 만들어냈다.

휘이이이잉!

그리고 잠시 후, 그 소용돌이는 하나의 점이 되어 모여들었다.

치지지지지직!

강수는 소용돌이에 손을 집어넣고 마나를 방출시켰다.

팟!

푸른색 안개가 점을 감싸고돌더니 이내 아주 작은 형상으로 변화하였다.

끼긱끼긱.

안개가 만들어낸 형상은 바로 나무형 몬스터 중 최하위 몬스터인 펑거스였다.

강수는 펑거스가 나타나자마자 곧장 천으로 입을 가렸다.

"흡!"

펑거스가 뿜어내는 포자 가루에는 독성 물질이 섞여 있어

폐부에 들어가면 인체에 유해한 점액질을 생성하게 된다.

점액질의 작용 자체론 죽지 않지만 심하면 호흡 곤란과 폐담석을 만들어내어 한 3년 정도 고생을 할 수 있었다.

갈색 고깔 모양 머리에 흰색 다리를 가진 펑거스는 뒤뚱뒤뚱 걸을 때마다 고약한 악취를 풍겼다.

끼릭끼릭!

"…냄새 한번 더럽게 지독하군."

강수는 두꺼운 가죽장갑을 끼고 펑거스를 확 낚아챘다.

끼릭!

그리곤 펑거스의 머리를 잡고 손에 힘을 주었다.

뚜두두둑!

머리에 달려 있던 포자 주머니가 터지면서 녹색 액체가 흘러나와 강수의 손을 타고 흘렀다.

강수는 재빨리 펑거스를 거꾸로 뒤집고 왼손으로 삼각형 비커에 그 진액을 받아냈다.

똑똑.

이제 강수는 이것을 동물용 마취총에 집어넣고 엔트에게 발사할 것이다.

그렇게 되면 엔트는 당장 땅에 뿌리를 박고 당분간 움직이지 못하게 될 것이 분명했다.

온몸으로 숨을 쉬는 엔트는 호흡계 독성에 대해 상당히 취약하다.

더군다나 호흡기가 많은 엔트인데다 전신에 수액을 흘려 보내 호흡하는 구조로 되어 있기 때문에 펑거스의 포자가 몸 속으로 들어가면 천천히 몸이 굳어 죽게 된다.

과연 이것이 녀석에게도 통할지는 모르겠지만 손을 놓고 당하는 것보다는 나았다.

"자식, 한번 두고 보자."

강수는 친구 현우의 집으로 향했다.

* * *

늦은 밤, 현우는 갑자기 찾아와 다짜고짜 동물용 마취총을 빌려달라는 강수를 바라보며 고개를 갸웃거렸다.

"이 늦은 밤에 웬 마취총? 너희 집에는 이제 가축도 없잖아?"

"쓸데가 있어서 그래. 그러니 좀 빌려줘."

20년 지기의 부탁인데 마취총을 빌려주지 못할 것도 없었다.

하지만 그는 요즘 들어 이상한 행동을 보이는 강수가 조금 걱정되기도 했다.

"정말 무슨 일 없어?"

"무슨 일?"

"아니, 요즘 네가 좀 별난 행동을 하는 것 같아서 말이야."

강수는 그의 어깨를 툭 쳤다.

"미친놈, 별소리를 다 하네. 하긴 무슨 일이 있긴 있었지. 나무에서 떨어져 죽을 뻔한 것, 그리고 다시 이렇게 살아난 것 말이야."

"뭐, 그게 가장 큰일이긴 했네."

현우는 이내 창고에서 마취총과 마취용 주사바늘을 건넸다.

"이 정도면 되겠지?"

"응, 고맙다."

"별말씀을. 필요한 게 있으면 또 말해. 도와줄 수 있는 데까진 도와줄 테니까."

"고맙다."

"자식, 자꾸 징그럽게."

남자에게 있어 형제와 친구는 인생의 동반자다.

두 사람은 더 이상 길게 대화를 나누지 않고 헤어졌다.

"나 간다."

"그래, 잘 가라."

어차피 긴 얘기는 술자리에서 하면 될 것이니 쓸데없이 말꼬리를 잡을 이유는 없었다.

*　　*　　*

다음 날, 강수는 마취총을 챙겨 길을 나섰다.

그는 어제 나무를 베어놓은 벌목장으로 향했다.

아마도 녀석은 자신이 태어난 곳으로 되돌아가기 위해 근방을 헤매고 있을 것이 분명했다.

그곳만 잘 지키고 있으면 어렵지 않게 놈과 마주칠 수 있을 것이다.

꼭두새벽부터 벌목장 창고에 숨어 있던 강수는 이내 거대한 진동을 느꼈다.

쿠웅, 쿠웅!

"왔다!"

엔트는 중묘목에서 성체로 성장하는 과정에서 엄청난 양의 풀을 흡수하고 다니기 때문에 덩치가 순식간에 불어난다.

소리를 들어보니 아마도 족히 3미터는 넘는 덩치에 아주 단단한 껍질을 가진 것 같았다.

강수는 숨을 죽였다.

숨을 죽인 채 빠끔히 고개를 내민 그는 엔트의 모습을 살펴보았다.

아직 완전체가 되지 못한 녀석은 가늘고 길쭉한 몸통과 나뭇가지를 가지고 있었다.

'다행히 생각보단 작군.'

예상보단 작긴 했지만 그래도 충분히 위협적이었다. 잘못 했다간 가지에 몸이 꿰뚫려 죽을 수도 있었다.

강수는 몸을 잔뜩 웅크린 채 기척 없이 총을 꺼내 들었다.

철컥.

엔트는 몸이 단단한 대신 오감이 상당히 둔했다.

그렇기 때문에 숨을 죽인 채 은신하고 있다면 강수를 찾아 낼 수 없을 것이다.

강수는 마취총의 안전장치를 풀고 아주 조심스럽게 엔트를 겨냥했다.

끼릭.

"후우……."

조심스럽게 숨을 내뱉은 강수는 천천히 방아쇠를 압박하였다.

뚜우우우욱.

방아쇠가 당겨지기 전, 강수는 숨을 멈추었다.

두근두근.

심장박동이 손목으로 전해지는 바로 그 순간, 마침내 방아쇠를 당겼다.

파앗!

순간, 녀석의 고개가 은신한 강수 쪽으로 돌아갔다.

—크크크크?

이제 사람의 얼굴 형상으로 변한 놈의 몸통 중심부가 잔뜩 일그러졌다.

아마도 본능적으로 위험을 감지한 모양이다.

푸욱!

—크으으웅!

하지만 이미 펑거스의 포자 진액은 엔트의 전신으로 퍼져 나가는 중이었다.

곧 있으면 녀석의 몸은 완전히 굳어져 더 이상 움직일 수 없을 것이다.

"잡았다!"

—쿠오오오오!

분노에 찬 엔트가 강수에게 가지를 뻗었지만, 이내 빠르게 굳어가는 몸을 어찌할 줄을 몰라 허우적거렸다.

뚜두두두둑!

—크어어엉!

"멍청한 놈, 쓸데없이 반항하면 그렇게 되는 거다."

엔트는 죽음을 목전에 두었음에 궁여지책으로 다리를 뿌리로 만들어 버렸다.

그리곤 뿌리를 땅 속 깊숙이 집어넣어 해독을 하기 시작했다.

츠읍, 츠읍.

강수는 이제 녀석의 주변으로 펑거스의 포자 진액을 흩뿌리고 그 위에 덫을 촘촘히 놓았다.

따악!

덫 위에는 포자 진약이 담긴 유리병을 매달아놓았다.

아마 놈은 이제 쉽사리 몸을 움직이지 못할 것이다.

해독 직후에는 행동이 아주 느려지기 때문에 덫을 피해 돌아다니는 것은 거의 불가능하기 때문이다.

이제 한 삼 일 정도 푹 쉬었다가 다시 올라와 수액을 채취하고 다시 펑거스의 포자 진액을 퍼뜨리면 또다시 치료를 시작하느라 움직이지 못하게 될 것이다.

한마디로 이제 녀석은 강수에게 아낌없이 주는 나무가 된 것이나 다름없었다.

제4장
보릿고개를 넘어서

정선 읍내에 위치한 산림조합.

목발을 짚은 강수는 관계자들과 함께 목재유통센터로 향했다.

"허리를 다쳤다더니 벌써 나무를 해도 되는 거야?"

강수의 산림조합 교육원 동기인 강철민의 질문에 강수는 어깨를 으쓱거렸다.

"괜찮아. 그리고 이렇게라도 하지 않으면 내가 먹고살기가 힘들어서 그래."

산림조합에서 임업 정식 교육을 받은 강수는 조합에 아는 사람이 꽤 많은 편이었다.

강철민은 강수와도 꽤나 친하게 지냈지만 지금으로선 딱히 큰 도움을 줄 수가 없었다.

"일단 값을 제대로 받을 수 있는지 물어보자고. 자네가 허리를 혹사시켜 가며 얻은 목재잖아?"

강수는 고개를 가로저었다.

"글쎄, 저 꼰대들이 값을 제대로 쳐줄까?"

강철민은 강수를 바라보며 깊은 한숨을 내쉬었다.

"참, 자네도 운수 한번 더럽게 없지. 자네가 추락하고 나서 때맞춰 재선충이 창궐하다니 참……."

만약 강수가 나무에서 떨어지지만 않았어도 재선충이 이 지경까지 번지지는 않았을 것이다.

마을에 몇 안 되는 청년 중 가장 나무에 대해서 잘 아는 강수가 멀쩡했다면 재선충에 대한 소식이 들리자마자 무리를 해서라도 파풍망이나 기타 제충 장비를 마련했을 것이다.

"사람이 어떻게 자연만 탓하고 살 수 있나. 그냥 운이 없으려니 하고 살아가는 것이지."

"후우, 속도 좋구먼."

쓴웃음을 지어 보였지만 강수 역시 웃는 게 웃는 게 아니다.

이윽고 도착한 유통센터에는 삼척 지역 산림조합중앙회의 동부유통센터장 김창식과 그의 동료들이 기다리고 있었다.

김창식은 꽤나 공명정대한 사람이지만 그의 동료들은 그렇지가 못했다.

아마 오늘도 한 푼이라도 더 남겨먹기 위해 눈에 불을 켤 것이 분명했다.

하지만 그런 그들은 강수의 눈에 들어오지 않았다.

그는 자신에게 스승과 같은 김창식에게 꾸벅 고개를 숙였다.

"안녕하십니까?

"오, 강수 왔나?"

"오랜만입니다."

"그래, 소식은 들었네. 허리는 좀 어때?"

"괜찮습니다. 이제 좀 운신할 만합니다."

"그나마 다행이군."

김창식은 강수가 처음 임업을 시작할 즈음 정선군 임업교육소 소장을 역임했다.

어려서 집안이 망한 강수가 밥을 굶지 않고 병약한 동생을 건사할 수 있었던 것은 바로 김창식의 교육소 입학 권유 덕분이었다.

현장에서 나무를 베고 그것을 다듬을 줄 아는 강수에게 김창식은 임업 전문 교육을 권유했다.

덕분에 강수는 임업에 관련한 자격증을 다수 보유하고 있으며, 교육원에서 받을 수 있는 전문 교육은 모두 수료할 수 있었다.

여기서 전문 교육을 모두 수료한 강수는 틈틈이 검정고시 공부에 열을 올려 20대 중반에는 고등학교를 졸업하고 야간 전문대학에 입학하게 되었다.

비록 야간대학이긴 하지만 3년 동안 열심히 공부하여 무려 산림조합 장학생으로 대학을 졸업한 강수이다.

지금은 산림기술사나 산업기사 자격증을 취득할 수 있는 자격 여건을 갖추고 있었다.

그는 강수를 보자마자 추가 자격증 취득을 권유했다.

"몸이 나으면 곧바로 자격증을 취득해야지?"

강수는 고개를 가로저었다.

"저도 그러고 싶습니다만, 목구멍이 포도청이라서 말입니다."

"으음, 아까 사정에 대해선 전해 들었네. 그렇게까지 상황이 좋지 않나?"

"아시지 않습니까? 재선충이 한번 돌면 어떻게 되는지 말입니다."

강수가 산림조합 관계자들을 둘러보자 그들은 헛기침을 내뱉었다.

"크, 크흠! 아무튼 자네가 가지고 온 물건이나 한번 보지."

"그러지요."

그는 자신이 가지고 온 2톤가량의 원목을 보여주며 말했다.
"뺄 것 다 빼고 100만 원에 거래하고 싶습니다."
"으음, 조금 비싼 것 같은데?"
"공시가보다 낮게 잡은 겁니다만?"
"요즘 정선 사정 잘 알잖나? 강성마을에서 난 소나무를 과연 구매할 사람이 있을지 모르겠어."
아무리 강수를 아끼는 김창식이라곤 하지만 조합에서 판매하게 될 나무의 단가를 마음대로 정할 수는 없었다.
때문에 그는 흥정을 할 때는 훈수를 놓거나 한쪽을 도와주는 행위를 최대한 자제했다.
덕분에 주변에서 강수의 나무를 흥정해 사가려 열을 올리고 있었지만 그대로 넘어갈 리가 없는 강수다.
"재선충에 감염되지 않은 나무라고 말씀드리지 않았습니까? 아저씨들이 사지 않으면 동부판매장에 제가 직접 가서 팔아도 됩니다."
운반 비용과 재단 비용을 생각해서 이곳에서 공판하려는 것이지, 강수가 직접 나무를 가지고 간다면 지금보다 훨씬 더 많은 돈을 받을 수 있을 것이다.
싼값에 나무를 사서 이문을 남기려던 그들은 이내 입을 꾹 다물었다.
"뭐, 그렇게까지 말할 것은……."

"사실 것이라면 사고 그렇지 않다면 마십시오."

강수의 단호한 태도에 조합원들은 두 손을 번쩍 들었다.

"아, 알겠네. 그 값에 사지."

"모두 현찰 박치기입니다. 그건 아시죠?"

"그래, 잘 알지."

이 자리에서 현찰로 받지 않으면 저들이 나중에 어떤 헛소리를 할지 모른다.

때문에 강수는 지금 당장 모든 것을 깔끔하게 처리하려는 것이다.

"은행으로 가지. 현금으로 뽑아줄 테니."

"그러시죠."

강수는 조합원들과 함께 근처 은행으로 향했다.

*　　*　　*

은행에서 직접 현찰로 나무 대금을 받은 강수는 그제야 한시름 놓았다.

"후우, 이제야 이자의 압박에서 벗어날 수 있겠군."

강수가 운영하고 있는 땅은 전부 저당이 잡혀 있기 때문에 일정한 이자를 내지 않으면 운영권이 다른 사람에게 넘어가고 만다.

자칫 잘못해서 운영권을 빼앗기게 되면 그나마 개인 벌목 사업도 하지 못하게 될 것이 분명했다.

강수는 그 자리에서 이자를 처리하고 그동안 밀린 공과금을 냈다.

"총 40만 4천 3백 32원입니다."

"뭐, 뭐가 그렇게 비싸요?"

"지로에 그렇게 나와 있는데요?"

"쩝, 어쩔 수 없지. 처리해 주세요."

전기와 수도세, 통신비까지 모든 지로 용지를 뭉뚱그려 꺼내놓았더니 이렇게 많은 돈이 나왔다.

그나마 강수네 집에서 사용하는 가스와 석유 값은 치르지 않았지만 그래도 남는 돈은 그리 많지 않을 것 같았다.

"일을 못했더니 많이 쪼들리는군."

강수는 전엔 자신의 땅에서 나무를 키우는 동시에 큰 회사나 개인사업자의 하청을 맡아 일을 해주었다.

한마디로 품을 파는 일이었지만 예전보다 품값이 많이 올라서 가계에 큰 보탬이 되었다.

하지만 이제 허리를 다쳤다고 소문이 파다하게 돌았으니 당분간은 일을 맡을 수 없을 것이다.

역시나 엔트의 잔가지나 쳐서 먹고살기는 힘들 듯했다.

"이대로는 안 돼."

조금 더 숨통이 트이려면 빨리 몸을 회복하고 제대로 일을 하는 수밖에 없었다.

나무를 팔고 집으로 돌아가려는 강수에게 그의 동기들이 다가왔다.

"어이, 강수! 술이나 한잔하지 않겠어?"

"술?"

"자네나 우리나 나무를 팔았으니 한잔해야지. 안 그래?"

나무꾼이나 어부들이나 물건을 팔아 주머니가 두둑해지면 술 생각이 제일 먼저 나는 법이다.

하지만 강수는 술값에 돈을 탕진할 생각이 전혀 없었다.

"괜찮아. 너희끼리 마셔."

"에이, 그래도 그러면 쓰나? 동기 좋다는 것이 뭐야?"

강수는 고개를 가로저었다.

"됐어. 지금 척추도 맛이 간 상태인데 무슨 술이야?"

"쩝, 그런가? 그럼 어쩔 수 없지."

엘프임에도 불구하고 술이라면 사족을 못 쓰던 강수지만 오늘은 어쩔 수 없이 돌아서야 했다.

'다음을 기약하자.'

지금 술을 마셨다가 허리를 또 다치게 되면 그땐 더 이상 돌이킬 수 없는 지경으로 치닫게 될 것이다.

강수는 끌고 온 차를 타고 다시 강성마을로 향했다.

*　　*　　*

다음 날, 엔트의 씨앗을 발아시켜 산을 오르는 강수의 발걸음이 무척 무거웠다.

잠시 잊고 있던 삶의 무게가 그의 어깨를 짓눌렀다.

"이래서 하루살이의 삶이 고단하다고들 하는 모양이군."

보릿고개를 겪어본 세대는 아니지만 강수는 나름의 보릿고개를 몇 번이나 겪어본 사람이다.

당장 쌀독에 쌀이 떨어져 허우적거리던 시절로 다시 돌아갈 생각을 하니 눈앞이 캄캄했다.

그러나 강수는 전생이나 현생이나 한 번도 포기를 해본 적이 없었다.

그는 끈으로 질끈 동여맨 목발의 손잡이를 다시 한 번 꽉 틀어쥐었다.

"그래, 어차피 한 번 사는 인생이다. 화끈하게 살아봐야지."

드래곤 레어에서보다 더 못한 삶을 영위할 수는 없었다. 강수는 다시 한 번 심기일전할 것을 다짐했다.

목발을 짚고 산을 헤치며 도착한 벌목장. 강수는 왠지 발목이 조금 축축해졌음 느꼈다.

"으음? 이게 무슨……."

그것은 발목까지 푹 빠지는 폭신한 곰팡이가 만들어내는 물기였다.

한마디로 그가 운영하는 벌목지가 죄다 곰팡이 천지가 된 것이다.

"이, 이런 미친……!"

아무리 엔트가 생명력이 강하다곤 하지만 곰팡이에는 상당히 취약하기 때문에 곰팡이를 이기고 피어날 수는 없었다.

곰팡이 탓에 중앙 지역에 뿌리를 박은 거대한 엔트는 거의 다 죽어갈 지경이었다.

—쿨럭쿨럭! 아, 아프다…….

"제기랄!"

아무리 엔트를 속박하기 위해서 일부러 포자즙을 주사하긴 했다지만, 엔트가 죽어버리면 곤란했다.

강수는 재빨리 곰팡이를 제거하고 엔트의 상태를 살폈다.

"어이, 괜찮나?!"

—주, 죽을 뻔했다. 고, 곰팡이, 많다.

가뜩이나 노인과 비슷한 엔트의 안면이 심하게 쭈글쭈글해졌다.

아무래도 포자즙이 주변을 모두 잠식하는 바람에 기력이 많이 쇠한 것 같았다.

강수는 가방에 미리 챙겨둔 영양제를 꺼내어 엔트의 옆구리에 주사했다.

푸욱.

—으, 으음……. 사, 살 것 같다.

"멍청한 놈. 이래도 가만히 있다간 죽을 수도 있다는 것을 몰랐나?"

—뿌, 뿌리를 너무 깊게 박았다. 이제 움직이지 못한다.

"흠, 그렇단 말이지."

엔트가 움직이지 못하는 것은 강수에게 있어선 꽤나 좋은 일이지만 나무가 죽을 수도 있으니 심각한 일이다.

일반적인 몬스터라면 모를까, 정령들은 절대로 거짓말은 하지 않는다.

정말 이대로라면 엔트가 죽을 수도 있었다.

일단 그는 곰팡이들을 걷어내고 땅 위에 비료를 뿌려서 다시는 곰팡이가 자생하지 못하도록 손을 썼다.

그제야 엔트의 얼굴이 조금씩 밝아졌다.

—조, 좋다. 곰팡이, 싫다.

밭을 갈고 난 강수는 엔트에게 손을 내밀었다.

"너를 살려주었으니 열매를 내놔."

—아, 알겠다. 여, 열매 준다.

어쩐 일로 엔트는 강수에게 순순히 자신의 가지에 달린 열매를 따서 건넸다.

빨갛게 익은 열매가 평소보다 훨씬 더 탐스러워 보였다.

"오호, 잘 여물었군."

—자, 잘 익은 열매, 치료에 도움 된다.

"그래, 그렇지."

강수는 엔트가 준 열매를 한입 크게 베어 물었다.

콰득!

"으, 으윽! 맛이 점점 더 써지는군."

이제는 자신도 모르게 욕지걸이를 내뱉어도 이상할 것이 없을 정도로 맛이 썼다.

그렇지만 그 효과는 확실했다.

*　　*　　*

다음 날, 엔트를 돌보기 위해 산을 오른 강수는 뜻밖의 광경과 마주했다.

"이, 이럴 수가……."

벌목장 전체가 거대한 버섯 군집으로 바뀌어 있었고, 딱 엔트의 주변만 버섯이 피어 있지 않았다.

아마도 강수가 영양제를 투여하고 거름을 준 덕분에 자신만의 영역을 확립한 것으로 보였다.

또한 버섯은 땅에서 그렇게 많은 영양분을 필요로 하는 생물이 아니기 때문에 엔트가 땅에서 양분을 빨아 먹는 데 큰 지장을 주지 않은 것 같았다.

강수는 곰팡이의 군집 대신 그 자리를 채우고 있는 버섯의 종류에 대해 감별해 보았다.

"독버섯이 꽤 많군."

평생을 산에서 살아온 강수는 나무꾼으로 15년을 넘게 일했다.

독버섯과 약버섯, 식용버섯을 구분하는 방법쯤은 익히 알고 있었다. 더군다나 임업교육원에서 받는 교육 중에는 독버섯을 구분하는 과목도 있었기 때문에 그 지식이 심마니와 비슷한 정도이다.

대부분 독버섯은 화려한 무늬를 가지고 있는데 그렇지 않은 버섯도 꽤 많았다.

그렇기 때문에 잘못된 지식을 가지고 아무 버섯이나 따 먹었다간 황천길을 건널 수도 있다.

독버섯을 골라내고 나니 먹을 수 있는 버섯이 약 40% 정도 되었다.

그중에는 사람의 몸에 좋은 상황버섯이나 영지버섯, 송이버섯 같은 고급 버섯도 심심치 않게 보였다.

하지만 크기나 영양 상태가 그리 좋지 않아서 제값을 받기는 어려울 것 같았다.

잘하면 정선군 장터에서 푼돈이나 받을 수 있을 정도이지 큰돈을 만지긴 어려울 듯했다.

"그래, 이 정도라도 어디야."

자연산 송이의 경우엔 ㎏당 10만 원을 호가하기 때문에 아무리 급이 낮아도 충분히 반찬값은 나올 것이다.

강수는 먹을 수 있는 버섯을 추려 얇은 천에 이끼를 집어넣고 돌돌 말아 가방에 잘 갈무리했다.

그리고 먹지 못하는 버섯은 전부 불에 태워 버렸다.

화르르륵!

"잘도 타는군."

불을 피워놓은 강수는 엔트에게 다가가 물었다.

"아직도 땅에 곰팡이가 가득한가?"

—이, 있다. 하지만 저번보다는 많지 않다.

"으음, 그렇다면 씨앗을 뿌려도 죽지는 않겠군?"

—그, 그렇다.

아마도 이곳에 곰팡이가 창궐한 것은 펑거스에서 짜낸 포자즙이 땅에 달라붙어 각종 포자가 균주를 숙성시킨 것 같았다.

또한 엔트가 이곳에 뿌리를 박은 덕에 땅의 상태가 버섯이 자라는 데 아주 적합한 환경으로 바뀐 영향도 있는 듯하다.

한마디로 어설프게나마 아귀가 맞아떨어진 것이다.

"참, 살다 보니 별일이 다 있군."

세상에 펑거스의 포자즙으로 버섯을 재배할 수 있을 것이라고는 누구도 상상하지 못할 것이다.

일이야 어찌 되었든 반찬값이나마 벌 수 있게 된 것에 감사하며 강수는 채취한 버섯을 판매하기 위해 읍내로 향했다.

* * *

금요일, 정선오일장이 열렸다.

강수는 장터에 좌판을 펴놓고 버섯을 판매하고 있었다.

"상황버섯, 영지버섯, 송이버섯 팔아요! 목이버섯, 표고버섯도 있어요!"

정선 읍내에는 임산물을 경작하는 사람이 꽤 많기 때문에 버섯의 진가를 알아보는 사람이 심심치 않게 보였다.

"다른 버섯은 몰라도 송이버섯은 꽤 먹을 만하겠군. 얼마에 팔겠나?"

"한 바구니에 4만 원만 주십시오."

"으음, 아직 향이 살아 있군. 알겠네. 한 바구니만 주게."

"예, 알겠습니다."

원래 이 정도 무게라면 적어도 15~20만 원은 족히 받을 테지만 버섯의 상태가 워낙 좋지 않아 비교적 저렴하게 파는 것이다.

한 중년인이 송이버섯을 사고 돌아간 후, 몇몇 노파가 상황버섯과 영지버섯에 관심을 보였다.

"상황버섯 한 바구니에 얼마씩 파는가?"

"10만 원만 주십시오."

"에이, 너무 비싸. 씨알도 그렇게 크지 않은데."

상황버섯은 산의 로또라고 불릴 정도로 그 가격이 천차만별에 1kg당 100만 원까지 올라가는 품목도 있었다.

그중에서도 상품은 뽕나무에서 발원한 것인데, 지금 강수가 채취한 것은 참나무에서 채취한 것과 비슷해 보였다.

강수는 자연산이 아니라는 가정하에 값을 매겨서 판매하고 있었다.

"좋습니다. 그럼 한 바구니에 9만 원 드릴게요."

"6만 원."

"에이, 너무 쌉니다. 8만 원."

"좋아, 6만 5천 원."

"7만 5천 원 드리지요."

"7만 원?"

"됐습니다. 안 팔겠습니다."

"클클클, 알겠어. 7만 5천 원 줄게."

재래시장의 가장 큰 매력은 가격을 흥정할 수 있다는 것과 덤을 얻어갈 수 있다는 것이다.

강수는 상황버섯 바구니에 영지를 조금 얹어서 건넸다.

"덤이요."

"젊은이가 장사할 줄 아는군. 그럼 많이 팔게."

"감사합니다."

시장은 인정이 없으면 장사하기 힘든 곳이다. 장사꾼이 챙길 이득은 다 챙기되 박하게 장사하면 건질 것이 없는 곳이 바로 재래시장이다.

후하게 물건을 판 덕분에 주변에 소문이 좋게 퍼져 좌판을 편 지 세 시간 만에 물건을 모두 팔아치울 수 있었다.

하루 장사를 마치고 나니 강수의 주머니에는 40만 원이나 들어 있었다.

"생각보다 쏠쏠하군."

강수는 차라리 엔트의 묘목을 키워서 벌목하는 것보다 버섯을 키우는 편이 더 이득일 수도 있겠다는 생각이 들었다.

* * *

어차피 아르바이트를 할 것이라면 화끈하게 하자는 것이 강수의 지론이다.

그는 부동산을 찾아가 인근 야산에 위치한 임야지대를 임대하기로 했다.

어차피 땅에 건물만 올리지 않는다면야 장기적으로 경작해도 큰 문제가 없으며 임대 가격 또한 아주 저렴한 것이 산지 임야지대다.

이곳에 검은색 비닐 장막을 치고 엔트의 씨앗을 뿌린 후 녀석들에게 조금씩 펑거스의 포자 진액을 수혈해 완전히 땅에 뿌리를 내리게 하는 것이 강수의 계획이었다.

그렇게 한 후 이곳에 포자즙을 뿌리면 각종 버섯이 자라날 테니 일 년 내내 버섯을 경작해도 상관이 없을 것이다.

부동산중개업자는 강수와 상당히 안면이 깊은 사람이다.

그는 강수에게 임대를 중개해 주면서도 의아함을 감추지 못했다.

“겨우 500평 임대해서 뭘 어쩌려고?”

“그냥 아르바이트 삼아 묘목 좀 키워 보려고요.”

“묘목?”

“재선충 때문에 성목은 팔기 힘들고 묘목이라도 키워 팔아야 먹고살지 않겠습니까?”

“하긴, 그렇긴 하지. 하지만 묘목을 팔아서 이문이 그렇게 많이 남겠어?”

임업에서 500평은 그렇게 넓은 땅이 아니다.

아마 남들이 지금 강수의 행동을 평가한다면 쓸데없는 돈놀이라고 표현할지도 모른다.

하지만 강수가 500평에서 나흘에 40만 원씩 수익을 올릴 수 있다는 사실을 알게 되면 아마 까무러칠지도 모른다.

중개업자는 자신이 가지고 있는 산지 중에서 적당한 곳의 임대차계약서를 내밀었다.

"중개수수료는 없고 그냥 1년에 10만 원만 주게."

"감사합니다."

"계약은 몇 년으로 할 텐가?"

"넉넉하게 3년으로 하죠."

"그래, 그렇게 하게. 어차피 시골 깡촌에 처박힌 산지에 무슨 볼일이 있겠어? 자네가 관리 좀 해주게."

"예, 사장님."

기껏해야 창고나 지을 법한 산지 임야를 임대해 주는 데 생색을 내기 싫었는지 그는 거저 준다는 식 대신 관리라는 말을 붙였다.

확실히 강수가 이 산지를 빌려 쓰고 나면 토양이 좋아질 테니 관리라는 말이 맞을 것이다.

강수는 임대차계약서에 도장을 찍고 부동산을 나섰다.

* * *

나흘 후, 강수는 산에서 채취한 버섯을 가지고 집으로 돌아와 깨끗하게 씻었다.

흙이 묻어 있는 버섯이야말로 자연산이라는 증거지만 정선 임업꾼들에게 그런 것은 필요가 없었다.

눈대중으로 자연산을 구별하는 나무꾼이 수두룩 빽빽한 정선에서 임작물로 사기를 친다는 것은 어불성설이었다.

때문에 강수는 버섯을 깨끗이 씻고 그것을 햇빛에 살짝 건조시켜 먹기 좋게 다듬는 중이다.

강수와 함께 버섯을 다듬던 희수는 문득 버섯 수확 루트가 궁금했다.

"그나저나 오빠는 이 많은 버섯을 매일 어디서 캐오는 거야?"

"정선 땅 천지가 다 산이잖아. 잘만 뒤지면 값을 꽤 받을 수 있는 물건이 많아. 너도 나중에 몸이 나으면 한번 같이 가자. 버섯 구별하는 법을 알려줄게."

"그래? 하긴, 오빠는 산에 대해선 모르는 것이 없으니까."

희수는 대학의 문턱만 밟아보고 곧장 병석에 앓아누워야 했다.

그녀는 대학을 가지 못했다는 콤플렉스가 있어서 야간 전문대를 나온 강수지만 그가 하는 말은 뭐든지 믿는 경향이 있었다.

이것이 편할 때도 있지만 한편으로는 신경이 쓰였다.

"다시 공부할 생각은 없냐?"

"공부는 무슨, 우리 먹고살 돈도 없는데."

"으음."

"어차피 대학은 오빠가 나왔잖아. 그럼 됐지, 뭐."

원래 강수가 그녀를 처음 대학에 보낼 때 집안에서 대학은 한 명만 들어가도 충분하다고 말했다.

그러다 운이 좋아서 강수가 야간대학 장학생으로 학교에 들어갔고, 그녀는 병으로 학교를 그만두게 되었다.

강수가 그런 소리를 했으니 그녀가 대학을 포기하는 것도 무리는 아니었다.

"그럼 나중에 다시 대학 다녀. 우리가 먹고살 만해지면 말이야."

그런 그녀에게 대학 생활은 꿈이나 다름없었다.

그나마 희수가 이 정도까지 버틸 수 있는 것은 정선의 물 맑고 공기 좋은 지역적 조건 덕분이었다.

만약 강수의 본가가 정선이 아니었다면 그녀는 벌써 숨을 거두었을지도 모른다.

'그래, 네 몸은 내가 고쳐줄게.'

몸만 건강해지면 그녀는 알아서 대학을 다니고도 남을 머리와 근성이 있었다.

아마 강수가 희수에게 가장 큰 시집갈 밑천을 마련해 준다면 그것은 바로 건강한 몸일 것이다.

강수는 주방용 솔로 남은 버섯을 마저 닦아서 건조시켰다.

*　　*　　*

엔트의 열매를 지속적으로 복용한 지 한 달이 지났다.

이제 강수는 목발 없이도 걸어 다닐 수 있을 정도로 몸이 호전되었다.

하지만 아직까지 척수가 제자리를 잡지 못한 것인지 예전처럼 통나무를 짊어지고 산을 오르내릴 정도로 건강한 상태는 아니었다.

아무래도 당분간 산을 오르내리면서 운동을 하고 허리를 강화시키는 등의 재활운동이 필요할 것 같았다.

강수는 벌목지와 버섯밭에 턱걸이와 평행봉을 설치하고 허리를 강화시킬 수 있도록 시멘트로 만든 바벨을 가져다 놓았다.

지금 강수의 몸은 상당히 많은 근 손실을 입었기 때문에 다시 근육을 붙여주지 않으면 몸의 밸런스가 붕괴되어 척추측만증이나 분립증이 일어나기 쉬웠다.

그렇기 때문에 조금 고되더라도 척추기립근과 광배근을 발달시켜 걸어 다니는 데 지장이 없도록 만들어야 했다.

여기에 매일 하체 운동을 꾸준히 해주어 하지신경체계를

완벽하게 구축할 필요도 있었다.

강수는 하루에 한 시간씩 두 번 상체와 하체 운동을 해 천천히 몸을 회복할 요량이다.

인터넷으로 습득한 지식과 정원사로서 갈고닦은 신체 단련 방법을 이용하여 그는 몸을 만들어 나가는 중이다.

이른 아침, 상의를 탈의한 강수는 철봉에 매달려 턱걸이를 시도하고 있었다.

"으, 으으윽……."

원래 강수는 혼자 힘으로 턱걸이를 하루 종일 해도 전혀 지치지 않을 정도로 힘이 장사였다.

어려서부터 통나무를 들고 산을 타던 그에게 턱걸이쯤은 아무것도 아니었던 것이다.

178㎝의 키에 85㎏의 몸무게가 거의 대부분 근육이었다면 그가 얼마나 근육질이었는지 알 수 있을 것이다.

하지만 이제는 혼자서 턱걸이 하나 하는 것도 힘에 붙였다.

"허억허억……."

그나마 도끼질을 할 수 있는 것은 그가 도끼를 자유자재로 쓸 줄 알기 때문이었다.

만약 산에서 잔뼈가 굵지 않았다면 그나마도 할 수 없었을지도 모른다.

"…역시 쉽지가 않구나."

잠시 철봉에서 내려온 강수는 벌목장 한편에 걸려 있는 세면용 거울을 바라보았다.

우람하던 그의 몸은 이제 한없이 작아져 일반인보다 더 작은 체구가 되어버렸다.

게다가 너무 오래 누워 있어서 옆구리와 배에 살이 붙었다.

"심각하군."

하지만 이제 속에서부터 슬슬 근육이 올라오고 있기 때문에 몸이 다시 완성되는 것은 시간문제이다.

그는 이제 건강이 아닌 생존이 달린 재활운동에 목숨을 걸기로 했다.

"그래, 어차피 여기서 일어나지 못하면 죽는 거야."

강수는 지친 몸을 이끌고 다시 재활훈련에 돌입했다.

제5장
남이섬

이른 아침, 강수의 집으로 절친 현우가 찾아왔다.

똑똑.

"강수야! 자냐?"

새벽녘에 집을 나섰다가 밥을 먹기 위해 내려온 강수는 현관문을 열었다.

"현우? 무슨 일이냐?"

"오늘 아르바이트 한 번만 해주면 안 되겠냐? 사람이 없어서 말이야."

"아르바이트?"

"한 탕에 15만 원 줄게."

친구의 부탁인데 거기다 15만 원을 받는다면야 강수로선 마다할 이유가 없었다.

"좋아. 무슨 일인데?"

"우리 집에서 키우던 25년생 느티나무 알지?"

현우네는 대대로 나무꾼 집안으로, 강원도 열일곱 개 지역에 걸쳐 무수히 많은 벌목 허가지를 가지고 있었다.

또한 고목 분재를 부업으로 하기 때문에 일 년에도 수십 억대의 돈을 벌어들였다.

아마도 이 지역 최고의 유지라고 한다면 현우의 집안을 꼽을 수 있을 것이다.

하지만 이 집안은 대대로 손이 귀했는데, 현우는 그런 귀한 손을 이어 5대째 가업을 잇고 있었다.

원래는 현우의 형인 형우가 장손이지만 그는 욕심이 없고 풍류를 즐기는 히피족이기 때문에 가업을 이어받을 수 없었다.

때문에 현우는 형우에게 집안의 재산을 주고 자신은 가업을 이어 산지와 회사를 이어받는 것으로 상속을 정리했다.

이제 서류까지 모두 정리되었으니 현우가 이 집안의 중심이나 다름없었다.

각 지역을 관리하는 관리인들을 총괄하며 한 달에 한 번 쉴

까 말까 할 정도로 바쁜 현우는 오늘도 쉴 틈 없이 일했다.

강수는 그에게 행선지를 물었다.

"오늘은 어디로 가면 되는데?"

"춘천 남이섬. 남이섬 정 소장님 알지?"

남이섬을 총괄하는 정상만 소장은 강수와도 꽤 안면이 있는 사이다.

"으음, 그 양반, 아직도 그렇게 술 퍼마시고 다니나?"

"아마도?"

"조금 부담이 되는군."

걸핏하면 술 마실 핑계를 만들어 강수를 술자리에 묶어두려 안간힘을 쓰는 정상만은 언제나 부담이 되는 존재다.

"적당히 비위만 맞춰주다 오면 되잖아? 어차피 너도 이제 곧 치료를 끝내면 일거리를 받아야 할 거고."

"으음, 그건 그렇지."

벌목꾼은 비단 자신의 산지에서만 일하지 않는다.

그들은 전국을 떠돌면서 하청 벌목 일을 해주고 돈을 받거나 그곳에서 나는 나무를 대신 받아서 생활한다.

산림을 관리하자면 나무를 베어내야 하는 일도 생기게 마련이기 때문이다.

더군다나 국토 면적의 70%가 산인 한국에서 벌목꾼이 할 수 있는 일은 꽤 많은 편이었다.

비교적 먼 지역은 희수 때문에 잘 가지 못하지만 강원도 지역은 강수의 주 활동 무대라고 할 수 있었다.

이제 막 운신을 할 수 있게 된 강수지만 벌목을 하는 데 큰 지장은 없었다.

"그래, 소문을 내야 일거리가 들어오지. 어서 준비해서 가자."

"잘 생각했다. 그깟 술 때문에 일거리를 놓치면 쓰나?"

강수는 작업복으로 갈아입고 목수 전용 장비 세트를 챙겨서 길을 떠났다.

* * *

정선에서 춘천은 아무리 빨리 달려도 세 시간은 족히 걸리는 거리다.

또한 강성마을에서 고속도로 입구까지 두 시간가량 걸리니 남이섬까지는 적어도 다섯 시간 이상 걸린다는 소리다.

만약 강수가 정상적으로 일을 수주해서 길을 떠났다면 15만 원을 받고 가지는 않았을 것이다.

하지만 친구를 따라서 오랜만에 머리도 식힐 겸 출발했다.

쏴아아아아!

"으음, 좋다!"

"저 찰거머리."

강수는 4인승 화물차 뒤 칸에 앉은 희수를 바라보며 낮게 중얼거렸다.

그녀는 강수의 타박에도 전혀 굴하지 않았다.

"찰거머리면 어때? 춘천으로 나들이 갈 수 있는 기횐데!"

"그래, 얼마나 좋냐? 기왕이면 웃으면서 가자."

"쳇, 아주 작당을 했군."

"후훗, 현우 오빠가 원래 좀 착하잖아?"

"하하! 그런가?"

"……."

어차피 춘천에는 나무 한 그루만 배달하면 되기 때문에 일정은 그리 빡빡하지 않았다.

이른 아침에 길을 떠나면 점심쯤에는 남이섬에 도착할 수 있을 테니 오래 걸려도 3시까진 모든 일을 마무리할 수 있었다.

희수는 현우에게 동행을 부탁했고, 그는 흔쾌히 희수의 동행을 허락했다.

강수는 생각 같아선 잽싸게 일을 끝내고 집으로 돌아가고 싶었지만 현우의 일정 변경 요청에 어쩔 수 없이 수락했다.

죽이 척척 맞는 두 사람을 보고 있자니 아주 복창이 터질 것 같았다

'귀찮게 되었군.'

예상치도 못한 일정 변경에 강수의 기분은 썩 좋지 못했다.

하지만 점점 강변으로 바뀌어가는 춘천의 풍경을 보고 있자니 마음이 조금은 풀어지는 것 같았다.

'그래, 휴가라고 생각하자.'

강수의 표정은 여전히 딱딱하게 굳어 있지만 마음은 이미 휴가를 즐기기로 작정했다.

* * *

춘천 남이섬은 육로로 들어가긴 힘들고 배를 타고 강을 건너 들어가야 한다.

조선 세조 때 병조판서를 지내다 역적으로 몰려 요절한 남이장군의 묘가 있다고 하여 이름 붙게 된 남이섬은 원래 모래뿐인 불모지에 쓸모없는 섬이라고 생각되던 곳이다.

하지만 1965년, 수재 민병도 선생이 남이섬 전역을 사들여 나무를 심기 시작하면서 점점 지금의 모습을 갖추게 되었다.

나무의 천국이라 불리는 이곳 남이섬은 드라마 '겨울연가'의 촬영지로 알려지면서 중국과 일본 관광객의 필수 코스가 되기도 했다.

때문에 주말이면 엄청난 인파로 인해 줄을 서서 배를 타야 할 정도로 인산인해를 이루었다.

강수는 남이섬 입구에서 배를 타고 섬으로 들어가기로 했다.

부아아앙!

물살을 가르는 남이섬 왕복선에는 건설 장비와 함께 몇몇 기술자가 동승했다.

현우는 남이섬의 풍경을 바라보며 감회가 새롭다는 듯 웃었다.

"오랜만이지? 우리가 고등학생 때 견습생으로 따라온 때가 엊그제 같은데."

"그러게 말이다. 세월이 참 빠르긴 빠르구나."

강수가 중학교를 그만두고 벌목판을 전전할 때 현우 역시 중학교를 졸업하고 벌목판에 뛰어들었다.

가업을 잇겠다는 장대한 포부를 품고 있던 현우는 강수와 함께 일이 있는 곳이라면 가리지 않고 따라다녔다.

그중에서도 이곳 남이섬은 그들이 하루가 멀다 하고 드나들던 곳이다.

남이섬 보수 작업이 한창이던 시절에 두 사람은 이곳에 묘목을 심고 동물을 나르는 일을 했다.

그때 둘은 하루 종일 쉬지도 못하고 일주일 내내 일만 해야 했다.

현우는 그때의 기억을 추억이라고 회자했다.

"이제 열일곱 살 된 녀석들이 악착같이 일한다고 아저씨들이 혀를 내두르셨지. 기억나냐?"

"그럼. 열일곱 살밖에 안 된 녀석들이 술도 아주 징그럽게 마셨지."

"하하, 맞아. 그랬지."

친구가 가장 좋은 점은 이렇게 추억을 공유할 수 있다는 점이다.

그 때문에 친구는 소중한 것이고 평생 가족처럼 생각하고 지낼 수 있는 것이다.

쿠웅!

이윽고 섬에 배가 닿는 소리가 들렸다.

"닻을 내렸나 봐. 이제 슬슬 시작하자."

"그래, 가자."

두 사람은 트럭에 실어놓은 느티나무를 가지고 남이섬 서쪽으로 향했다.

*　　*　　*

남이섬 북부 남이나루에 배를 대면 남쪽 별장마을까진 길이 잘 닦여 있어 차를 타고 이동하기에 무리가 없었다.

강수와 현우는 남이섬 남부에 위치한 별장마을과 메타세쿼이아 길 중간에 있는 공사 현장을 찾았다.

쿵쿵쿵, 위이이잉!

중장비들이 시끄럽게 움직이는 가운데 남이섬 관리소장인 정상만이 두 사람을 맞이했다.

"어이, 오랜만이지?!"

"잘 지내셨지요?"

"하하! 나야 뭐 항상 똑같지!"

정상만은 특히나 강수를 아주 반갑게 맞이했다.

"다쳤다고 들었네만, 몸은 좀 어때?"

"괜찮습니다. 이제 제법 움직일 정도는 되었습니다."

"으음, 그래? 그렇다면 이제 슬슬 목수 일을 해도 되겠군."

"불러만 주신다면 열심히 하겠습니다."

"그래, 그래. 강수 자네 실력이야 익히 알고 있으니 나야 일을 맡기면 안심이지. 조만간 함께 일해보자고."

"감사합니다."

정상만은 두 사람에게 나무를 심을 위치에 대해 설명했다.

"남이섬 산책로 중간에 쉼터를 조성할 계획이네. 그냥 벤치를 만들까 하다가 차라리 느티나무 한 그루 놓으면 좋을 것 같아서 불렀네."

"잘하셨습니다. 저희 집에서 직접 거름을 주고 키운 겁니다. 튼튼하지요."

정상만은 현우가 키운 나무를 바라보며 흡족한 듯 웃었다.

"어이쿠, 그놈 참 실하다. 심어놓으면 여름 걱정은 없겠어."

"그럼요. 아버지가 애지중지 키우던 건데요."

현우는 계약서에 서명하고 잔금을 치르는 방식을 논의했고, 강수는 곧장 인부들과 함께 나무를 심기로 했다.

벨트로 잘 동여맨 나무를 차에서 내림과 동시에 크레인을 이용해 똑바로 자리를 잡는 작업이 이어졌다.

강수는 크레인이 나무를 잡고 옮기는 동안 직접 나무를 이리저리 움직여 중심을 잡았다.

"그대로 내리세요."

"네, 알겠습니다."

위이이잉!

단박에 나무의 자리를 잡은 강수는 잔뿌리가 다치지 않도록 묶어놓은 동아줄을 풀고 흙을 채웠다.

그리고 미니 포클레인을 이용해 돌이 섞이지 않은 고운 흙을 나무뿌리에 덮고 흠뻑 물을 주었다.

뿌리가 마르지 않도록 옮기는 동안 잘 관리했으니 아마 자리를 잘 잡을 수 있을 것이다.

하지만 앞으로 관리를 잘해야 나무가 죽지 않고 자리를 잡을 수 있다.

앞으로 3년, 그동안 현우는 가끔 나무의 생사를 묻고 영양제를 투입하거나 가지치기를 해주어야 한다.

추후의 일은 현우에게 일임한 강수는 손을 털고 남이섬을 나섰다.

*　　*　　*

간단하면서도 간단하지 않은 옮겨심기 작업이 끝난 후 강수는 뭍에서 자신을 기다리고 있는 희수에게로 향했다.

배를 타고 5분, 뭍에서 두 사람을 기다리고 있던 희수가 열렬히 손을 흔든다.

"오빠!"

"저 멍청이, 그러다 쓰러지면 어쩌려고."

현우는 마치 어린아이처럼 방방 뛰고 있는 희수를 바라보며 말했다.

"그나저나 희수가 요즘 몸이 많이 좋아진 것 같아. 그냥 내 느낌만 그런 건가? 얼굴에 살이 많이 붙었어."

"으음, 그런가?"

혈액에 이상이 생기는 병에 걸린 희수는 영양분 공급이 제대로 이뤄지지 않아 항상 비쩍 마른 안색을 하고 다녔다.

하지만 요즘 엔트의 수액을 지속적으로 복용하면서 몸에 영양분 공급이 원활하게 이뤄져 안색이 놀랄 정도로 밝아졌다.

"도대체 뭘 먹이기에 애가 저렇게 좋아졌어?"

"고로쇠."

"고로쇠?"

"산에서 고로쇠 수액을 받아서 먹이고 있어. 덕분에 저렇게 피가 맑아지고 있나 봐."

"으음, 하긴 고로쇠 수액이 피에 좋긴 하지."

뼈와 장기에 특히나 좋은 고로쇠 수액은 노인이나 임산부에게 인기가 높았다.

또한 노폐물을 몸 밖으로 배출하는 데 좋은 효능을 갖고 있기 때문에 암 투병 환자들이 음용하는 경우도 있었다.

희수의 병은 혈액에 이상이 있는 것이니 일반적인 고로쇠 수액을 먹여도 충분히 효과는 있었을 것이다.

현우는 강수에게 명함을 한 장 건넸다.

"나중에 시간 있을 때 이 사람 한번 찾아가 봐. 우리 벌목장에서 일하시는 분인데, 고로쇠 수액을 채취하시거든. 아마 내 이름을 대면 공짜로 받아 마실 수 있을 거야."

"고맙다. 나중에 술 한잔 살게."

"고맙긴, 별소리를 다 하네. 아무튼 희수가 저렇게 좋아져서 다행이다."

"그러게 말이다."

현우는 희수의 어린 시절을 모두 다 지켜본 사람이다.

그녀가 얼마나 괴롭게 살아왔는지 알고 있기 때문에 항상 마음이 좋지 않았다.

하지만 이제 그녀가 기운을 차린 것 같아 보이니 그의 기분도 덩달아 좋아졌다.

"아무튼 춘천에 온 김에 맛있는 거나 실컷 먹고 가자. 일이 잘 끝났으니 내가 한턱낼게."

"그래, 가자."

두 사람은 희수를 데리고 춘천 시내로 향했다.

*　　*　　*

춘천 하면 흔히 닭갈비를 떠올리게 되는데, 그 밖에도 춘천에는 유명한 맛집이 상당히 많이 포진하고 있다.

그중에서도 현우가 가장 좋아하는 것은 로브스터와 문어가 통째로 들어간 해물탕이다.

각종 해물이 풍부하게 들어간 해물탕에 로브스터와 문어, 꽃게를 넣어 푸짐함을 더했다.

원래 4인이 한 상을 먹는 게 정상이지만, 워낙 현우와 강수의 먹성이 좋아 남지는 않을 것이다.

"주문하신 해물탕 나왔습니다."

푸짐하게 해물탕의 뚜껑을 열어본 강수 남매는 탄성을 내질렀다.

뭉글!

"우와! 이게 다 뭐야?!"

"꽤나 비싸 보이는데?"

"일당 15만 원에 고급 인력을 부려먹었는데 이 정도는 사야지."

현우는 로브스터의 머리를 떼어내고 그 안에 있는 골수를 희수에게 건넸다.

"이것 좀 먹어봐. 이게 뇌 부분인데 가장 맛있어."

"으윽, 징그러워."

"속는 셈 치고 한번 먹어봐."

그녀는 일그러진 표정으로 로브스터 골수를 받아 맛을 보았다.

"쩝쩝……. 오오! 좋은데요?"

"그렇지? 로브스터는 그 부분이 가장 맛있어."

"호호호! 그러네요."

그동안 희수가 조금 위축되어 있던 것은 몸이 좋지 않아서였다.

원래 아주 어릴 때 희수는 집안의 재롱둥이로 사랑을 독차

지할 정도로 쾌활했다.

그 끼가 이제 무르익어 지금의 모습이 된 것이다.

'보기 좋군.'

강수는 처음으로 희수를 바라보며 뿌듯하다는 생각을 했다.

만약 그가 생업 전선에 뛰어들지 않았다면 동생의 저런 행복한 모습을 볼 수 없었을지도 모른다.

그렇게 생각하니 지금까지의 고생이 아무렇지도 않게 느껴진다.

'이게 바로 내리사랑이라는 것인 모양이군. 음.'

레비로스의 머리로는 아마 이 감정을 절대로 이해하지 못할 것이다.

그는 평생 죽음과의 사투만 생각해 온 사람이니 사랑이라는 감정은 아예 생각조차 해본 적이 없기 때문이다.

하루에도 몇 번씩 생과 사의 경계를 넘나드는 그의 삶에 사랑이란 사치였던 것이다.

하지만 이젠 인간 본연의 감정인 사랑이 무엇인지 확 와 닿는다.

세 사람은 화기애애한 분위기에서 해물탕을 먹어치웠다.

* * *

현우가 선사한 아주 푸짐한 식사를 한 후엔 남이섬에서 그리 멀지 않은 휴양지 강촌으로 향했다.

강촌은 춘천 최고의 민물놀이 휴양지로 레일바이크와 작은 놀이공원이 있었다.

또한 민물장어를 비롯한 민물고기 요리점이 줄을 지어 늘어서 있기 때문에 작정하고 놀러 오는 사람도 꽤나 많았다.

한여름에는 해운대 바닷가처럼 윗옷을 전부 탈의하고 다닐 정도로 젊은이들이 몰리는 곳이기도 했다.

세 사람은 강촌 전역을 에둘러 여행할 수 있는 레일바이크에 몸을 실었다.

현우와 강수가 앞에서 페달을 밟아 동력을 만들어내면 희수는 그저 강촌의 풍경을 감상하기로 했다.

끼릭끼릭…….

"이, 이거 생각보다 무거운데?"

"세 사람이 타서 그래. 그리고 네가 아직 다리에 힘이 덜 붙어서 그런 것 아닐까?"

"그, 그런가?"

예전 같으면 혼자서 열 명도 거뜬히 태우고 다녔을 강수는 이제 희수 한 명을 태우는 것만으로도 벅찰 지경이다.

하지만 그러거나 말거나 희수는 뒷좌석에 앉아 젊음이 끓어 넘치는 강촌을 구경하고 있었다.

“와, 다들 예쁘고 멋있다. 도대체 저 많은 사람은 어디서 몰려오는 걸까?”

그녀의 시선이 머무는 곳은 젊은 남녀들이 함께 어울려 바나나보트를 타거나 수상스키 등을 타는 곳이었다.

강변에서 즐길 수 있는 수상레포츠는 거의 다 경험할 수 있는 강촌이다 보니 이렇게 역동적인 풍경이 연출되곤 했다.

희수는 그 젊은이들이 못내 부러워 눈을 떼지 못하고 있었다.

현우는 그런 그녀에게 희망을 실어주었다.

“이제 희수 너도 곧 저렇게 될 수 있어. 저 사람들만 수상스포츠를 즐기라는 법 있나? 너도 제대로 몸매 만들어서 저 사람들이 부러워할 정도로 건강한 사람이 되면 되는 거야.”

“그렇겠죠?”

“물론이지. 나중에는 대학에서 친구들과 함께 MT도 가고 펜션에서 바비큐 파티도 열고 말이야.”

그녀는 상상만으로도 행복해지는 모양이었다.

“헤헤, 좋겠네. 정말 그렇게 될 수 있을까?”

“당연하지. 이 오빠가 장담할게.”

현우는 여동생이 없음에도 불구하고 연하의 여자가 어떻게 하면 기뻐하는지에 대해서 상당히 많이 알고 있었다.

가끔은 그런 현우가 몹시도 불안한 강수지만 그가 있어 자신의 모자람을 채울 수 있다고 생각했다.

만약 누군가 희수를 데리고 간다면 현우 같은 남자였으면 했다.

하지만 지금 당장은 마음의 준비가 되어 있지 않았다.

"페달이 점점 느려진다?"

"아아, 미안. 그런데 뭘 그렇게 서둘러? 천천히 가자. 우리도 풍경 좀 구경하자고."

"급한 것은 아닌데, 네가 아까부터 쓸데없는 곳에 한눈팔고 있으니 그렇지."

"훗, 자식. 별소리를 다 하네."

혼자 김칫국을 마시는 것이든 아니든 여동생을 보호하기 위한 오빠의 안테나는 24시간 풀가동되고 있었다.

*　　*　　*

레일바이크를 타고 난 후엔 강촌 안쪽에 있는 놀이동산을 찾았다.

휘이이이이잉!

"와아아아아아!"

거의 90도까지 꺾이는 바이킹과 좌우로 360도 회전하며 시소처럼 왔다 갔다 하는 안드로메다에서 짜릿한 비명이 울려

펴졌다.

강수는 고소공포증이 없기 때문에 이런 놀이기구에 별 감흥을 느끼지 못했다.

하지만 아까부터 현우는 놀이기구를 바라보며 아연실색해 뒷걸음질을 치고 있었다.

"나, 나, 난 아, 안 탈래!"

"에이, 그래도 여기까지 왔는데 안드로메다 정도는 타고 가야지요."

"그, 그렇지만 희수 넌 놀이기구를 탈 수 없는데?"

"그러니까 오빠가 대신 타줘야죠."

"아, 안 되는데……."

나무꾼으로서는 아주 드물게 현우는 고소공포증이 심했다.

만약 그가 나무꾼으로서의 삶을 살지 않았다면 아마도 고지에 올라갈 일은 없었을 것이다.

가끔 거대한 고목의 가지치기를 해줘야 하는 나무꾼은 10미터가 넘는 나무를 오로지 로프 하나에 의지해 올라가야 한다.

만약 나무에 오를 수 없으면 나무꾼으로서 일을 할 수 없을지도 모른다.

지금 현우는 그 나무를 눈 감고도 오를 정도로 숙련된 나무꾼이지만 역시 고소공포증은 없어지지 않았다.

숙련으로 만들어진 나무타기와 놀이기구는 엄연히 다른

종목이기에 그는 질겁할 수밖에 없었다.

"오빠, 한 번만요."

"후, 후우……."

"너 참 악질이구나. 싫다는 사람을 왜 자꾸 떠밀어?"

"내가 탈 수가 없으니까 대리만족하려는 거지."

"거참."

현우는 희수의 기대에 힘입어 놀이기구에 올랐다.

"후우! 좋아! 간다!"

"정말요?"

"무, 물론이지. 어차피 남자가 한 번 죽지 두 번 죽냐?"

"호호, 오빠 최고!"

강수가 지금까지 살아오면서 가장 이해할 수 없는 여자들의 감정 중 하나가 바로 대리만족이다.

한국에 '먹방'이라는 인터넷 방송이 유행할 수 있던 것은 여자들의 대리만족 덕분이다.

다이어트를 하는 여자들은 자신이 마음껏 먹을 수 없다는 핸디캡을 영상으로나마 풀어내고 있는 것이다.

이런 대리만족으로도 충분히 식욕이 해결된다니 강수로선 도저히 이해를 할 수 없었다.

현우는 그런 아리송한 감정 때문에 금단의 영역에 발을 들였다.

그가 가만히 있는 강수의 손을 덥석 잡았다.
"가, 같이 가자."
"뭐?"
"같이 가자고."
"이, 이런 미친놈이……."
"친구야, 한 번만 같이 가자. 죽을 것 같아서 그래."
강수는 다급한 현우의 부탁에 실소를 흘렸다.
"싱거운 놈. 알겠다."
두 사람은 나란히 손을 붙잡고 안드로메다에 몸을 실었다.
—안전 바를 장착하겠습니다! 혹시나 화장실이 급하신 분은 지금 내리세요!
현우는 마치 정신 나간 사람처럼 혼자 계속해서 뭔가를 읊조렸다.
"그래, 그래. 지금인데, 지금인데……."
"허참, 그렇게 무서우면 내리든지. 난 친구 오줌까지 치워 줄 정도로 비위가 강한 놈이 아니니까."
"아, 아니야. 괜찮아."
이윽고 놀이기구가 높이 떠올랐다.
부웅!
"끄아아아악!"
덩치는 산만 해서 소리를 지르는 현우를 바라보는 시선이 썩 좋지 못하다.

여기저기서 키득거리는 반응이 재미있는 강수다.

"큭큭, 저 아저씨 좀 봐."

"그러게. 덩칫값 좀 하지."

강수는 거의 실신 직전의 현우를 바라보며 실소를 흘렸다.

"훗, 생기다 만 놈 같으니."

가끔 이렇게 말도 안 되는 짓을 하긴 하지만 동생을 위해 희생을 한 셈이니 기특하다는 생각이 들기도 했다.

* * *

짧은 휴가를 마치고 집으로 돌아가는 길.

희수는 한껏 들뜬 기분을 아직 가라앉히지 못했다.

"오빠, 우리 나중에 춘천 또 오자!"

"춘천이 무슨 뉘 집 애 이름이냐, 걸핏하면 오게?"

"피이, 그냥 언젠가 한번 오자는 거지, 누가 매일 오재?"

"그게 그거지."

그녀는 지쳐서 축 늘어진 현우에게 시선을 돌린다.

"오빠, 우리 둘이 나중에 또다시 올까요?"

"그래, 그래. 언제 시간이 된다면……."

강수는 다짜고짜 둘이서 춘천을 오자는 그녀의 말에 인상을 와락 찌푸렸다.

'이 새끼가……?'

그의 표정을 읽은 현우는 이내 말을 돌렸다.

"크, 크흠! 나중에 시간이 된다면 셋이 함께 오자."

"에이, 우리 오빠는 춘천이 별로 좋지 않대요."

"…그래도 가족끼리 누구 한 명 빼고 여행 가는 것은 좀 그렇지."

"으음, 그런가요?"

"무, 물론이지."

오빠의 살기는 현우의 기를 확 꺾어버리고 말았다.

아마 강수에게 맞아 죽기 싫어서라도 희수의 희망대로 되는 일은 없을 것이다.

현우는 여러모로 피곤한 하루를 보냈음에 스르르 눈을 감았다.

'…다시는 춘천에 오지 않을 거야.'

축 늘어진 그는 강수에게 운전대를 맡기고 깊은 잠에 빠져들었다.

제6장
먹고살 길을 찾다

강원도 정선오일장.

강수는 장사를 마치고 정산을 해보았다.

타악타악.

익숙한 손놀림으로 돈을 세어본 강수는 총 50만 원이 조금 넘는다는 것을 알 수 있었다.

"아쉽군."

50만 원이면 그리 적은 돈은 아니지만 한 가정을 꾸려 나갈 수 있는 액수는 아니었다.

그렇다고 예전처럼 벌목 일을 계속해서 할 수 있는 것도 아니었기 때문에 이 돈으론 생활이 어려웠다.

"으음……."

어떻게든 활로를 찾지 않으면 당장 밥을 먹기 힘들게 생겼다.

강수는 자리를 털고 일어나 다시 숲으로 향했다.

"그래, 움직이자."

답이 없을 땐 숲으로 가는 것이 옳았다.

어차피 난 곳도 숲이요, 벌어먹던 곳도 숲인 강수에게 다른 곳에서 답을 찾기란 어려웠다.

그는 연어가 고향을 찾아가듯 숲을 찾았다.

*　　*　　*

강수는 늦은 저녁 작업장을 찾았다.

"으음, 나름대로 괜찮군."

이번에는 꽤 괜찮은 균주가 포자를 터뜨려서 돈이 좀 될 것 같았다.

하지만 언제까지 이렇게 버섯만 따서 승부를 볼 수는 없는 노릇이었다.

그는 엔트의 수액이 나무에 미치는 영향에 대해 알아보았다.

"어이, 고목."

—말해라.

"네 수액을 다른 나무에 주입하면 어떻게 되지?"

—에, 엔트의 피?!

잔뜩 일그러지는 그를 바라보며 강수는 펑거스의 포자즙을 들이밀었다.

"흥분하지 마라. 신상에 좋지 않을걸."

—아, 알겠다.

"어차피 수액은 계속해서 생겨나는 것이고, 그것이 조금 없어진다고 네가 시드는 것도 아니잖나?"

—그, 그건 그렇지만…….

"어서 말해봐."

—성장에 좋을지도…….

"좋을지도?"

—그, 그럴지도 모른다.

"으음, 그래?"

그 언젠가 강수는 엔트의 수액이 식물에 미치는 영향에 대해 들어본 적이 있었다.

나무의 정령인 엔트의 수액은 같은 종류의 나무에겐 보약이나 마찬가지지만, 다른 식물에겐 별다른 소용이 없었다.

그것은 엔트가 자신이 아닌 다른 식물이 자생할 수 없도록 땅의 양분을 모두 빨아들이는 것과 비슷한데, 수액 자체가 식물의 영양분을 빨아 당기기 때문에 식물이 스스로 수액을 뱉어낸다는 가설이다.

이것은 아힌리히트가 인간으로 폴리모프하여 유희를 즐길 때 마법사의 탑에서 연구해 낸 결과이다.

물론 이것은 고대 서적에 나온 것들을 짜깁기한 것이기 때문에 신빙성이 있지는 않았다.

일단 강수는 엔트에게 지구상에 존재하는 평범한 나무와 비슷한 루야나드 대륙의 종에 대해 물었다.

"좋아, 그렇다면 하나만 더 묻지. 지구상에서 과일로 음용할 수 있는 나무 중에 루야나드의 종과 같은 나무가 뭐가 있나?"

—으, 음용할 수 있는 것이라면…….

"먹는 것을 말하는 것이다."

잠시 생각에 잠겨 있던 엔트가 입을 열었다.

—이, 있다.

"말해봐."

—후박(Boobak)이라는 나무다.

"아하, 후박!"

그제야 강수는 지구상에서 자라나는 넝쿨식물인 호박이 루야나드에선 나무에서 열린다는 사실을 상기해 냈다.

"오호라, 후박나무 좋군."

—하, 하지만 씨앗은…….

"그건 내가 알아서 한다. 넌 수액만 제공해 주면 되는 거야."

—그, 그건…….

"수액을 주면 내가 좋은 것을 두 배로 주지."

강수가 영양제 두 병을 보여주자 엔트는 흔쾌히 수액 채취를 수락했다.

—뽀, 뽑아라. 마음껏.

그는 엔트의 옆구리에 전동 드릴로 구멍을 뚫고 수액을 채취하여 산을 내려갔다.

* * *

후박나무는 성인 남성의 머리만 한 열매가 맺히는 나무인데, 일반적인 호박이라고 생각하면 연상이 쉽다.

루야나드에선 이 후박을 주식 대신 먹기도 하는데, 나무 한 그루에서 열리는 양이 엄청나기 때문이다.

강수는 드래곤 하트에서 후박나무 씨앗을 삼킨 파랑새를 소환해 냈다.

우우웅…….

짹짹짹짹.

일반적인 씨앗을 소환하려다 몇 번 실패한 강수는 무려 나흘이나 연속으로 파랑새를 소환하여 드디어 씨앗을 품은 새를 소환하는 데 성공했다.

후박나무 씨앗은 대부분 말려서 견과류로 사용하기 때문에 다른 동물들은 먹기 힘든 음식 중 하나이다.

드래곤의 정원에는 인간이 살지 않으니 비교적 손쉽게 씨앗을 구할 수 있었지만, 새들이 씨앗에 관심을 갖지 않는다는 것이 문제였다.

덕분에 그는 나흘간 꼬박 소환술에 매달린 끝에 후박 씨앗을 소환하는 데 성공할 수 있었다.

강수는 파랑새의 위장에서 후박나무 씨앗을 얻어내 그것을 엔트 수액에 담가 발아시키기로 했다.

찌지지직…….

"으음?!"

씨앗이 발아하는 데 보통 사나흘이 걸리는데 엔트의 수액이 닿은 나무 씨앗은 그 즉시 싹을 틔웠다.

도대체 몇 배나 빨리 성장하는 것인지 감을 잡을 수 없을 지경이다.

"오호라, 이것 참 흥미진진한 결과구만."

강수는 후박나무 새싹을 땅에 잘 묻어두고 그 위에 거름과

물을 뿌려 자리를 잡도록 도와주었다.

이제 내일이면 다시 엔트의 수액을 주사하여 크기를 키워 주는 일만 남았다.

다음 날, 강수는 무려 자신의 종아리까지 자라난 후박나무를 볼 수 있었다.

"거의 괴물 수준이군."

엔트의 수액에는 나무의 정령이 성장하는 데 필요한 영양분이 모두 다 축적되어 있으니 당연히 일반적인 나무가 자라나는 데도 도움이 되었던 것이다.

거기에 나무의 정령이 가진 정령력이 나무의 성장을 촉진시켜 상상을 초월할 정도로 성장한 것이다.

강수는 후박나무 옆구리에 엔트의 수액이 담긴 유리병을 연결해서 즉시 수혈을 해주었다.

푸욱.

나무는 엔트의 수액을 받아들이자마자 급속도로 성장하기 시작했다.

우두두두둑!

나무의 밑동이 순식간에 강수의 허벅지만 해지더니 키가 무려 세 배나 커졌다.

"허, 허어!"

그저 아힌리히트의 괴짜 짓이 지어낸 거짓이라고 생각하던 강수는 당장 마음을 고쳐먹었다.

"그 빨간 도마뱀, 다시 봐야겠군."

별 해괴망측한 실험을 다 하는 아힌리히트의 지식이 빛을 발하는 순간이었다.

*　　　*　　　*

후박나무에 엔트 수액을 주입한 지 이 주일. 나무에 열매가 열리기 시작했다.

엔트의 수액에 충분한 거름까지 먹은 후박나무는 강수의 얼굴보다 훨씬 더 큰 열매를 맺었다.

그 열매가 어찌나 큰지 나뭇가지가 전부 다 휘어져 마치 버들나무를 보는 것 같은 착각이 들 정도였다.

강수는 리어카를 끌고 와 후박나무에서 열매를 채취했다.

빠악!

톱으로 배를 가르고 열매의 속을 열어본 강수는 그 속이 아주 실하게 차 있음을 확인했다.

게다가 당도가 높아서 즙을 내어도 특유의 비린내가 전혀 나지 않을 것 같았다.

"으음, 아주 좋군."

이계의 나무에서 채취한 열매이지만 그 내용물이 지구의 호박과 다르지 않으니 판매에 어려움도 없을 것이다.

이대로라면 다른 나무라고 자라지 못할 이유가 없었다.

"사람이 아주 죽으라는 법은 없다더니 정말인 모양이군."

처음엔 골칫거리라고 생각하던 엔트가 효자로 변하는 순간이었다.

*　　*　　*

강수는 부동산을 찾아가 나무를 심을 수 있는 산지 임야를 추가로 임대했다.

부동산공인중개사는 강수에게 아주 헐값에 땅을 임대해 주었다.

"5천 평 부지인데, 1년 사글세로 100만 원만 줘."

"이렇게 싸게 주시면 뭐가 남습니까?"

"어차피 정선 땅에선 소나무를 키울 수 없으니 산지 값이 아주 똥값이야. 알지? 소나무 재선충이 돌아서 주민들이 아주 죽을 맛인 거."

강원도 산지에 서식하는 나무 중 거의 대부분이 침엽수인 것을 감안하면 재선충의 창궐은 그야말로 재앙이나 마찬가지였다.

더군다나 타격을 제대로 받은 강성마을 산지는 이제 대부분 급매나 경매로 나와 시장의 유령 매물로 떠돌고 있었다.

만약 강수가 자금만 마련할 수 있다면 경매로 나온 산지를 헐값에 사들일 수 있을 터였다.

'위기가 곧 기회라더니 정말이군.'

산에 재선충이 돌아 나무가 모조리 다 죽어 살길이 막막하던 강수에겐 지금이 오히려 기회였다.

땅값이 떨어졌을 때 산지 임야를 사들여 엔트의 수액으로 사업을 펼친다면 충분히 승산이 있기 때문이다.

강수는 공인중개사에게 땅값이 얼마나 내려갔는지 물었다.

"요즘 매매로 땅을 거래하려면 얼마나 들까요?"

"으음, 산지는 그렇게 비싸지 않아. 자네가 빌려간 그 땅으로 따지자면 한 2천에서 3천 사이?"

아무리 산지가 싸다곤 하지만 이렇게까지 가격이 내려갔다는 것은 있을 수 없는 일이었다.

나무를 키우는 일을 주업으로 삼는 강성마을 주민들에겐 임야가 애물단지와 같을 테니 이런 결과가 나온 것일 터이다.

만약 이 산지에 임업이 아닌 건축업으로 이문을 낼 수 있다면 몰라도 이제 이 땅은 나무꾼들에겐 쓸모없는 땅이 된 것이다.

그는 부동산공인중개사에게 살짝 운을 띄웠다.

"만약 제가 이 땅을 산다면 얼마에 파실 생각이십니까?"

"자네가 빌린 그 땅? 2천에 넘길 수도 있지."

"그래요?"

부동산공인중개사가 2천만 원이라고 말했다는 것은 그 가격에서 충분히 땅값을 내릴 수 있다는 소리다.

이제는 강수가 얼마나 빠르게 머리를 굴려 돈을 벌어들일 수 있느냐만 남았다.

* * *

후박 열매를 채취해서 시장에 내다 파는 것보다는 즙을 내어 파는 것이 훨씬 이득이다.

늙은 호박 하나의 가격은 그렇게 비싼 편이 아니지만 이것을 즙으로 만들어 팔면 한 박스에 3~4만 원을 호가한다.

만약 우후죽순으로 열리는 후박나무 열매를 즙으로 만들어 판다면 엄청난 이문이 남을 것이다.

강수는 인터넷 중고 사이트에서 망한 건강원에서 사용하던 중탕기와 찜기, 증기를 구매했다.

사용하는 방법만 제대로 터득한다면 일반인도 충분히 사용 가능한 것이 바로 건강원 기계다.

그는 인터넷에서 '남매네' 라는 한글 로고가 찍힌 약 봉지를 주문했다.

한 포에 150㎖씩 나누어 담고 이것을 30개 한 박스로 포장해서 팔면 대략 13,000원에서 18,000원 사이에 팔린다.

만약 강수가 한 박스에 50개씩 담아서 14,000원에 판다면 인터넷에서 꽤나 좋은 반응을 얻을 수 있을 것이다.

강수는 후박나무에서 채취한 후박을 모두 깨끗이 씻어 꼭지를 도려내고 씨앗을 파냈다.

이 씨앗은 말려서 견과류를 취급하는 상인에게 팔면 꽤 짭짤한 부수입을 올릴 수 있을 것이다.

이렇게 다듬은 후박나무 열매를 찜기에 넣고 몇 시간 푹 쪄내면 후박이 흐물흐물해진다.

그리고 그것을 즙 추출기에 넣고 돌리면 찌꺼기는 남고 진액만 남아 음용하기 좋은 상태가 된다.

이제 추출기에 봉지 분리기를 연결하고 버튼만 누르면 기계가 알아서 즙을 나누어 담는다.

지이잉, 치익!

압착기로 포의 입구까지 아주 단단히 봉해주니 유통하는데 전혀 문제가 없었다.

강수는 첫 번째 후박즙을 개봉하여 맛을 보았다.

꿀꺽!

"으음, 좋군. 역시 후박나무 열매가 호박보다 낫군."

그 언젠가 후박나무 열매로 수프를 만들어 먹어본 적이 있었에 그 맛이 어떤지 익히 알고 있었다.

이 정도라면 굳이 첨가물을 넣지 않아도 충분히 호박즙의 풍미를 표현해 낼 수 있을 것 같았다.

강수는 본격적으로 작업을 시작한 지 무려 다섯 시간 만에 첫 봉지를 뽑아냈다.

"생각보다 시간이 좀 오래 걸리는군."

그가 예상한 것보다 시간이 오래 걸리긴 하지만 그동안 동시에 다른 일을 할 수 있다는 얘기도 된다.

이 한 가지 일에 매달리는 것보다는 동시에 두 가지 일을 하는 편이 오히려 그에겐 도움이 될 것이다.

강수는 완성된 후박즙을 박스에 포장했다.

* * *

후박즙을 만들어 산속 그늘이 진 자연 냉장고에 보관한 강수는 정선 세무서로 향했다.

세무서에서 사업자등록을 마쳐야만 후박즙을 시판할 수 있기 때문이다.

이미 벌목업자로 등록이 된 강수는 이중 등록을 해야 정식 판매를 할 수 있었다.

"업종이 하나 더 늘었네요? 전환이신가요?"

"아니요. 벌목으론 먹고살기 힘들어서 업종을 조금 넓혀보려고요."

세무서 직원은 충분히 공감한다는 듯이 고개를 끄덕였다.

"하긴 그건 그렇죠. 요즘과 같은 시기에 벌목으로 먹고살기가 어디 그렇게 쉬운가요?"

재선충이 한바탕 휩쓸고 지나간 정선 산간지방에는 업종을 바꾸는 사람이 심심치 않게 나타나고 있었다.

아마도 세무서 직원은 강수도 그중의 한 명이라고 생각한 모양이다.

"좋습니다. 그렇다면 지금 벌목업자의 사업자등록에 남매네의 상호를 사용할 수 있도록 해드리겠습니다. 그럼 되겠지요?"

"예, 그렇게 해주셔도 되고요."

사업자를 신규로 등록하는 것은 일련의 심사가 필요하지만 업태의 전환은 그리 오랜 시간이 걸리지 않는다.

이미 강수의 사유지로 사업자등록이 되어 있기 때문에 그다지 절차가 복잡할 것도 없었다.

"한 2~3일 정도 걸릴 수 있어요. 아시죠?"

"네, 알고 있습니다."

"그럼 살펴 가세요."

강수는 등록 절차를 마친 후 정선 읍내로 향했다.

정선 읍내에 위치한 작은 카페.

강수는 이곳의 주인장인 김성목과는 중학교 동창이다.

강수는 이곳의 카페 주인에게 인터넷 카페 개설에 대해 알아볼 생각이다.

그는 인터넷 카페로 쇼핑몰을 대신하여 대박을 낸 경력이 있었다.

지금은 인터넷 파워블로거로 전국에 유명세를 떨치고 있을 정도로 인터넷 소셜네트워크를 잘 이용하는 사람이다.

주변에서는 그를 두고 소셜커뮤니티 도사, 혹은 SNS 전문가로 부른다.

김성목은 강수에게 제품의 사진과 물건을 제조한 시설의 사진 등을 요구했다.

"일단 카페라곤 해도 생산 과정을 모두 공개할 필요가 있어. 그래야 잘 팔리거든."

"으음, 그렇군. 그리고 또?"

"여기에 제품의 장점과 신뢰도를 높여줄 정보 몇 가지만 올려줘도 판매는 충분히 이뤄질 수 있어."

"그렇구나."

강수는 그가 설정한 레이아웃에 사진을 넣고 인터넷에서 돈을 주고 구매한 스킨을 사용하여 카페를 꾸몄다.

무려 3만 원이나 주고 구매한 레이아웃과 스킨이긴 하지만 당장 쇼핑몰을 구축하는 것보다는 훨씬 저렴할 것이다.

처음엔 아무것도 없던 빈 공간에 사진과 글을 게시하고 나니 제법 쇼핑몰 느낌이 들었다.

"이젠 내가 블로그와 카페에 네 카페 주소를 올려서 홍보해 줄게. 그럼 아마 방문자 수가 확 늘어날 거야. 네 호박즙의 후기도 올려주고 말이야."

"그래도 괜찮겠어?"

"어차피 하루에 한 번 후기를 올려서 돈을 받는 아르바이트가 바로 블로거야. 네 후기 하나 더 올린다고 힘들 것 없지. 리스크도 없고."

"고맙다. 이 은혜는 절대 잊지 않을게."

"후후, 나중에 사업 번창하면 내 카페 홍보해 주는 것이나 잊지 마."

"물론이지."

강수는 카페에서 마신 커피 값과 함께 흰색 봉투를 얹어서 건넸다.

"이건 사례비."

"어허, 이런 것은 줄 필요 없어. 이러자고 한 일은 아니니까."

"그래도……."

"받지 않을래. 대신 나중에 내가 도와달라고 부탁하면 한 번쯤 아르바이트나 해줘."

"그래, 알겠어."

강수는 후박즙 한 박스를 놓고 돌아섰다.

*　　*　　*

인터넷이 발달되기 전에는 모두 호박즙을 건강원에서 직접 받아서 음용했다.

하지만 쇼핑몰이 발달하게 되면서 호박즙은 굳이 임산부나 부종 환자가 아니더라도 건강을 위해 자주 음용하곤 했다.

그 때문에 가격 경쟁이 심해지고 있지만 그 효능이 떨어진다면 즉시 시장에서 도태되게 마련이다.

강수는 가격과 효능, 맛까지 모두 다 자신이 있었다.

그는 인터넷 판매 중개 사이트 여섯 곳에 후박즙 판매 신청을 해두었다.

다른 업체가 30포에 13,000원에 팔 때, 그는 무려 50포에 15,000원으로 가격을 인하하여 판매했다.

예전 같으면 상도덕에 어긋난다느니 민폐라느니 말이 많겠지만 요즘은 소셜커머스 사이트가 우후죽순처럼 생겨나 걱정이 없었다.

소셜커머스 사이트는 원래 한정 판매로 물건을 최대한 싸게 파는 곳이기 때문에 값이 터무니없이 저렴해도 큰 상관이 없었다.

물건에 하자만 없다면 등록에 저해되는 것도 아니고 판매량이 많으면 해당 사이트도 좋기 때문이다.

강수는 인터넷에 100박스 한정 판매 주문을 넣었고, 무려 삼 일 만에 완판되는 쾌거를 기록하였다.

그는 100박스 한정이라는 전략과 단기간에 아주 저렴한 가격을 내세워 완판에 성공한 것이다.

후박나무를 키워서 일주일 만에 받은 돈은 무려 150만 원이었다.

여기에 커뮤니티 사이트에 지불해야 할 수수료와 세금을 제외하고 나서도 무려 130만 원이라는 돈이 남았다.

지금은 일주일에 150만 원을 벌어들였지만 이것이 정식으로 사이트를 오픈하고 다양한 종류의 상품을 출하하게 되면 몇 배로 뛸 것이 분명했다.

거기다 강수는 원가가 거의 들지 않기 때문에 수익금의 대부분이 흑자라는 것이 강점이었다.

물론 이것은 성목의 도움이 없이는 절대로 불가능한 일이었다.

성목이 별것 아니라던 블로거의 힘은 생각보다 대단했다.

하루의 방문자 수가 무려 3천 명에 달하는 블로그에서 글을 읽고 카페에 접속한 사람들이 관심을 보였고, 그 관심은 구매로 이어졌다.

그 구매가 입소문을 만들어서 소셜커머스의 판매까지 이어진 것이다.

강수는 1차 판매로 벌어들인 돈으로 인터넷 쇼핑몰을 개설하고 증기를 추가로 구매했다.

이제 하루에 생산 가능한 개수가 두 배로 늘어나 한정 판매와 함께 상설 판매도 진행할 수 있게 되었다.

그는 후박나무 열매를 심어놓고 곧바로 다른 땅을 임대하여 헛개나무 묘목을 구매하기로 했다.

요즘 가장 주목을 받고 있는 것은 건강이고, 그중에서도 해독에 대한 것은 단연 이슈라고 할 수 있었다.

연예인들이 해독주스를 마셔 살을 빼고 건강을 되찾은 것은 어제오늘 일이 아니다.

강수는 그 해독이라는 것에 중점을 두고 생산에 박차를 가했다.

후박나무로 실험에 성공한 강수는 같은 방법으로 헛개나무에 수액을 주입했다.

두둑!

헛개나무는 엔트의 수액을 맞자마자 쑥쑥 키가 컸다.

"역시 효능이 있군."

잠시 이계의 생물에만 효능이 있을 거라 생각한 것은 엔트가 지구의 생물이 아니기 때문이었다.

하지만 역시 나무의 정령은 그 어떤 나무와도 조화가 잘되는 모양이다.

헛개나무에 수액을 주입했으니 일주일이면 열매를 수확하여 즙을 짜낼 수 있을 것이다.

*　　*　　*

헛개나무에서 열매를 채취한 강수는 열매에서 진액을 추출하여 남매네 로고가 붙은 포장지에 담았다.

강수는 따끈따끈한 열매 진액이 담긴 것을 하나 뜯어 맛을 보았다.

"츱츱, 으음……."

적당히 씁쓸하면서도 시큼한 맛이 느껴지는 것이 딱 헛개나무 진액 고유의 향이 묻어났다.

헛개의 마지막 맛은 살짝 달콤한데, 이것이 목구멍에 잠시 머무르며 들숨과 날숨이 오가는 동안 계속해서 그 향을 유지시킨다.

만약 헛개 진액에 물을 너무 많이 타게 되면 이 향이 연해져 마치 물과 같은 느낌이 들 수도 있다.

그렇다고 너무 걸쭉하게 만들어놓는다면 입에 댈 수조차 없을지 모른다.

강수는 가만히 맛을 음미하다가 이내 기계의 전원을 꺼버렸다.

위이잉.

"안 되겠군."

물의 비율이 부족해서 이대로 판매하기엔 부적합할 것 같았다.

첫술에 배부를 수는 없는 일, 강수는 몇 번이고 다시 열매의 진액을 추출했다.

다음 날 아침, 강수는 드디어 가장 적당한 배율의 헛개즙을 만들어냈다.

너무 진하지도 않으면서도 적당히 묽은 것이 음료수로 매일 음용해도 전혀 부담이 없을 정도였다.

강수는 여기에 엔트의 수액을 조금 섞어서 헛개나무가 갖는 효과를 극대화시켰다.

엔트의 수액은 상당히 씁쓸하지만 워낙 헛개즙의 맛이 씁쓸해서 눈치채기 힘들 정도이다.

그는 바로 오늘 만든 헛개즙을 가지고 현우를 찾아갔다.

똑똑똑!

어제 강수는 현우에게 자신이 1년 전에 담근 약술을 선물로 주었고, 현우는 오랜만에 형제끼리 그 술독을 다 비워 버렸다.

강수는 그에게 헛개즙의 효능을 확인하기 위해 일부러 술을 선물한 것이다.

이윽고 문을 열고 나온 현우의 얼굴이 퉁퉁 부어 있다.

"으음, 강수냐?"

"으윽! 술 냄새!"

도대체 얼마나 술을 퍼 마신 것인지 아직도 입에서 술 냄새가 풀풀 났다.

강수는 그에게 헛개즙을 건넸다.

"자, 마셔."

"이게 뭐냐?"

"요즘 내가 인터넷 쇼핑몰에서 판매하고 있는 헛개즙이야. 임상실험을 해야 하는데 마땅한 상대가 있어야지."

현우는 헛개즙을 바라보며 실소를 흘렸다.

"허, 어쩐지 너 같은 술꾼이 약술을 건넬 때부터 알아봤어야 하는데."

산에 자생하는 온갖 좋은 재료는 죄다 털어 넣은 약술이긴 해도 과음하면 다음날 사람을 잡는 것 또한 바로 약술이었다.

아침부터 맥을 못 추고 있던 현우는 강수가 건넨 헛개즙을 뜯어 곧바로 원샷했다.

꿀꺽!

"크, 크흠! 꽤나 쓴 것 같은데?"

"헛개가 쓰지 그럼 달까?"

"뭐, 그렇긴 하지만."

"어때? 괜찮아?"

현우는 잠시 눈을 감고 자신의 몸에 어떤 변화가 일어나는지 지켜보았다.

"어, 어어……. 잠시만!"

그는 갑자기 화장실로 달려가더니 이내 세차게 오줌을 뿜어냈다.

쇄아아아아아!

이윽고 화장실에서 나온 현우는 한결 낫다는 듯 어깨를 으쓱거렸다.

"어라? 정말 괜찮은데?"

"그래? 속도 괜찮고?"

"속이 좀 쓰린 것은 있는데, 머리가 아프고 어지러운 것은 확실히 덜한데."

"오호, 그렇단 말이지."

술꾼들에게 헛개는 아주 소중한 열매지만 단 한 방에 효과를 보기엔 상당히 힘들었다.

숙취 해소 음료에 헛개가 들어가는 경우도 있지만 눈에 띄게 좋은 효과를 볼 수는 없었다.

하지만 엔트의 진액을 섞은 헛개즙은 어제 필름이 끊어지도록 술을 퍼마신 사람에게도 금방 효과가 나타났다.

이 정도라면 술자리가 많은 직장인 남성이 환호성을 내지를 정도이다.

강수는 현우에게 배합에 실패한 헛개즙을 한 박스 건넸다.

"너 다 먹어."

"어? 그래도 돼?"

"괜찮아. 어차피 실패한 거니까."

"저, 저 새끼가 근데……."

이내 강수는 다시 작업장으로 향했다.

* * *

소셜커머스에 헛개즙을 등재한 후 강수는 하루 만에 모든 물량을 완판했다.

헛개와 같은 건강음료는 그 수요가 대단하기 때문에 입소문만 조금 타면 그대로 완판은 별것 아닌 일이었다.

강수는 헛개 판매 당일부터 나흘 후까지 인터넷 카페에 달린 댓글과 쪽지를 확인해 보았다.

게시판에는 강수가 남매네 헛개즙과 후박즙을 찬양하는 글이 대부분이었다.

—효능 좋네요!

—앵콜 판매는 언제쯤 할 예정인가요?

그는 댓글에 일일이 답글을 달았다.

"예상보다 반응이 더 좋군."

솔직히 인터넷 건강원을 차리면서 강수는 이 정도로 반응이 좋을 줄은 꿈에도 상상하지 못했다.

이 정도 반응이라면 이제 정식 홈페이지를 오픈해서 본격적으로 양산 판매를 시작해도 큰 문제가 없을 듯했다.

슬슬 본격적으로 보릿고개를 벗어날 때였다.

제7장

오크들

이른 아침, 강수는 오전 운동을 하고 있었다.

"허억, 허억……."

산을 뛰어올라 몸을 푼 그는 턱걸이를 시작으로 본격적인 운동을 시작했다.

턱걸이와 평행봉 운동 세 가지를 한꺼번에 병행해서 실시하게 되면 등근육과 척추기립근, 대흉근 등이 골고루 발달하기 때문에 근육을 키우는 데 안성맞춤이다.

다만 이렇게 큰 근육을 골고루 발달시키려면 아주 좋은 영양 상태를 유지해야만 했다.

신체에서 가장 큰 근육으로 일컬어지는 등근육과 상체에서 두 번째로 큰 가슴근육을 동시에 움직이면 엄청난 양의 에너지가 소비된다.

거기에 아침마다 산을 뛰어오르느라 다리와 허리까지 무리하게 되니 영양 결핍이 일어나게 되며 신체 밸런스가 무너질 수도 있다.

아주 적은 양의 식사로 고중량의 운동을 하는 것은 숙련된 보디빌더나 가능한 것이지 일반인은 절대 불가능하다.

공복에서 격한 운동을 하는 것은 몸을 버리는 일로, 어지간하면 영양을 채워주는 것이 좋다.

강수는 아침부터 계란에 참치 캔을 볶아서 먹고 운동이 끝나면 감자와 햄이 들어간 샐러드를 준비했다.

한 차례 격한 운동을 끝내고 나면 배가 고프고, 공복은 근육의 성장에 좋지 않은 영향을 미친다.

그는 약 한 시간 30분간의 운동을 끝내고 난 후 곧바로 도시락을 꺼내어 먹었다.

"쩝쩝……."

그리곤 엔트의 열매와 수액을 갈아서 만든 쉐이크를 300*ml* 정도 마셨다.

꿀꺽…….

"으윽, 꿀을 섞어도 맛이 좀 쓰군."

현우네 집에 있는 자연산 벌꿀을 섞어서 만든 쉐이크는 쓴 맛을 충분히 중화시켰지만 여전히 지독한 쓴맛이 진동했다.

아무래도 엔트의 열매와 진액을 맛으로 먹을 수 있는 날은 오지 않을 듯했다.

운동 후에 간식과 특식까지 먹어치운 강수는 자리에서 일어나 거울을 보았다.

불과 한 달 만에 만들어진 몸이라곤 전혀 믿겨지지 않을 정도로 탄탄한 몸매가 완성되어 갔다.

"제길, 아직 멀었군."

일반인이 보기엔 운동깨나 한 사람처럼 보이겠지만, 이전에 강수가 가지고 있던 몸에 비하면 아직 멀었다.

그는 보디빌더처럼 팔뚝 하나가 일반인의 허벅지만 한 크기는 아니었지만 일반인은 꿈도 못 꿀 덩치에 지방은 거의 없는 몸을 갖고 있었다.

이제 몸이 슬슬 회복되고 있긴 하지만 여전히 건강을 완전히 되찾는 것은 아직 무리인 것 같았다.

그래도 이 정도면 장족의 발전이다.

강수는 벗어놓은 윗옷을 입고 다시 건강원 일을 시작했다.

*　　*　　*

강수는 남매네 건강원에서 벌어들인 돈으로 공식 홈페이지를 먼저 오픈할 생각이었다.

강원도 원주에 있는 홈페이지 제작 업체를 찾은 강수는 약 300만 원가량의 견적서를 받았다.

"보시는 바와 같이 인터넷 쇼핑몰 체재와 커뮤니티 채팅창이 지원됩니다. 물론 카드결제 시스템도 갖추어져 있지요."

강수는 지금까지 둘러본 쇼핑몰 포트폴리오 중에서 지금 보는 홈페이지의 견적서가 가장 마음에 들었다.

다만 분위기를 조금 바꾸어 특색이 있었으면 하는 생각이 들었다.

"전체적인 레이아웃과 배경 등은 바꿀 수 있나요?"

"물론입니다. 원하시는 홈페이지의 콘티를 주시면 저희가 최대한 그에 맞춰서 작업해 드립니다."

"작업 기간은요?"

"일주일 정도 소요될 겁니다."

"좋습니다. 선금으로 100만 원을 입금하고 도중에 중도금으로 100만 원, 그리고 일이 끝나면 잔금을 모두 치르는 것으로 합시다."

"그렇게 하시지요."

이곳은 성목이 추천한 중소기업으로, 아는 사람만 아는 알짜배기 업체였다.

이들은 해외의 사이트를 수주해서 만드는가 하면 대기업의 포트폴리오도 직접 만들어 팔 정도로 실력이 뛰어난 사람들이었다.

하지만 주로 해외에 있는 기업들과 함께 일하기 때문에 그 이름이 잘 알려지지 않았을 뿐이다.

적당한 비용에 실력이 좋은 사람들을 만났으니 홈페이지는 이제 걱정하지 않아도 될 듯했다.

홈페이지 제작을 맡겨놓은 강수는 정선 읍내의 부동산을 찾았다.

산지의 가격이 떨어졌을 때 땅을 임대해 놓으면 추후 지주가 땅을 매매할 의사가 있을 경우 강수가 그에 대한 우선권을 갖게 된다.

그렇기 때문에 몇 개의 산지를 따로따로 임대해도 큰 문제가 생기지 않을 것이다.

1만 5천 평의 산지 다섯 개를 임대하기로 한 강수는 특약까지 받았다.

땅을 관리해 주는 조건으로 산지의 창고를 강수가 마음대로 사용할 수 있게 되었다.

그리고 그 안에 들어 있는 장비나 약품까지 강수가 모두 사용하기로 했다.

"어때? 이 정도 특약이면 괜찮지?"

"물론이지요."

"내가 자네니까 이렇게까지 해주는 거야. 알지?"

"그럼요."

강수는 벌써 10년이 넘도록 벌목장을 떠돌아다닌 사람이다.

산지의 지주 몇 명 정도는 이미 안면이 있었고, 그중에는 꽤나 친분이 두터운 사람도 있었다.

이번 계약은 강수가 2년 동안이나 고정으로 일을 해주었던 산의 지주다.

그는 강수를 상당히 마음에 들어 했고, 그가 계약한다고 했을 때엔 일부러 특약 사항까지 만들어주었다.

평소 열심히 일해준 덕분에 강수는 생각지도 못한 특약을 받게 된 것이다.

"계약 기간은 3년이지만 더 쓰고 싶다면 말하게. 자동으로 연장해 줄 테니."

"감사합니다."

"허허, 뭘."

강수가 임대한 땅의 보증금은 100만 원이며, 그것은 계약이 끝나면 고스란히 돌려받도록 되어 있다.

한 개에 100만 원씩, 총 500만 원을 보증금으로 지불한 강수는 1년 월세를 지불하기로 했다.

“내일 월세를 몰아서 지불하겠습니다. 괜찮지요?”

“자네 편할 대로 하세. 나야 뭐 돈 벌자고 땅을 맡기는 것은 아니니까.”

산지는 조금만 관리를 안 해주면 도저히 뭔가를 경작하기 힘들 정도로 엉망이 되어버린다.

계절이 바뀌고 슬슬 산지에 뭔가를 경작해야겠다고 생각했을 때엔 이미 엄청난 양의 넝쿨식물과 잡초가 무성하게 자라 있다.

그렇게 되면 산을 가꾸는 데 돈을 지불해야 하니 차라리 지금 임대를 주는 편이 나았다.

덕분에 땅을 값싸게 임대한 강수는 원예 상가로 향했다.

* * *

정선시장에는 원예 상가가 꽤 많이 자리 잡고 있는데, 농사를 짓는 지역에는 원예 상가가 군집을 이루고 있게 마련이다.

어떤 농사를 짓든지 간에 종자가 필요하기 때문에 원예 상가는 농촌의 젖줄이라고 할 수 있었다.

물론 예전에는 볍씨를 발아시켜서 사용했지만 지금은 모한 판에 그리 큰돈을 받지 않기 때문에 발아를 시켜 사용하느니 차라리 원예 상가를 이용하는 편이 더 이득이었다.

강수는 이곳에서 산수유 묘목과 가시오가피 묘목을 한 트럭씩 구매했다.

원예상 주인은 강수에게 블루베리 묘목을 건넸다.

"공짜로 줄 테니 한번 키워보게."

"이게 뭡니까?"

"세계 3대 식품으로 불리는 블루베리 아닌가? 자네도 알지? 눈과 정력에 좋다는."

"아아, 이게 그 나무군요."

블루베리는 토종 나무가 아니기 때문에 강수가 구분하기에 조금 무리가 있었다.

정선에서 블루베리 농장을 경영하는 사람과 몇 번 인사를 한 적은 있지만 블루베리 묘목을 본 적은 한 번도 없었던 것이다.

"블루베리는 산성 토양에서 자라네. 그러니 토질을 바꾸어 줄 필요가 있지."

"으음, 다른 것과 겸작하기는 힘들겠군요."

"보통은 그렇지. 하지만 한번 나무에서 열매가 열리기 시작하면 수익률이 꽤나 좋을 거야."

블루베리는 유명한 과실류 건강식품이지만 오프라인으로는 쉽게 구할 수가 없었다.

때문에 인터넷에 등재시켜 놓으면 가장 먼저 팔려 나가는 품목 중 하나이다.

강수는 블루베리 묘목을 키우는 데 필요한 산성 토양까지 받아서 챙겼다.

"나중에 키워보고 괜찮으면 또 사러 오겠습니다."

"하하, 잘해야 내년쯤 되겠군."

"뭐, 그럴 수도 있고 아닐 수도 있고요."

다른 사람 같으면 2년쯤 기다려야 수확을 할 수 있지만 강수는 다르다.

일주일이면 과실이 열릴 테니 결정도 빠를 수밖에 없었다.

그는 묘목을 트럭에 싣고 임대한 산지로 향했다.

*　　*　　*

강수가 임대차계약을 맺은 산지는 모두 지주가 경작을 포기한 땅이었다.

주변에 온갖 식물이 정글처럼 자라나 있어 그것을 모두 치워내는 데 드는 돈만 1년 경작 비용을 넘어선다.

하지만 강수의 경우엔 일일이 산지를 돌아다니며 경작할 필요가 없었다.

이곳에 엔트를 심고 한 이 주일 정도 기다렸다가 펑거스의 포자즙을 뿌려주면 주변의 식물은 알아서 죽는다.

그나마 남은 나무들은 베어내거나 쓸 만한 것들은 재활용하면 되었다.

정글이 되어버린 산지는 오만 가지 잡다한 식물이 다 자라기 때문에 수풀을 걷어내고 나면 꽤 짭짤한 부수입이 생긴다.

엔트를 심어놓고 이 주일 정도 지나자 강수는 이곳에 펑거스의 포자즙을 뿌려 균주가 자라나기를 기다렸다.

펑거스의 포자즙이 균주를 생성한 지 하루가 지나자 엔트 인근은 아주 깔끔한 상태로 변했다.

그는 뿌리를 박은 엔트 중묘목을 베어내고 땅을 한 차례 갈아엎었다.

위이이이이잉!

—으어어억!

거대한 엔트는 한 그루면 족하고, 이 나무는 꽤나 좋은 값에 팔아치울 수 있다.

또한 엔트의 수액까지 얻을 수 있어 일석이조의 효과를 거두게 될 것이다.

엔트의 중묘목을 모두 벌목한 강수는 그 자리의 흙을 살짝 걷어내고 엔트의 수액을 뿌렸다.

치익치익.

농약을 뿌리는 분사기에 엔트의 수액을 넣고 뿌리자 토양의 색이 황토색으로 물들어갔다.

이제 이 땅에 나무를 심게 되면 뿌리가 단단해지고 큰 열매를 맺을 수 있는 기둥이 생길 것이다.

산수유나무를 일렬로 심고 그 뒤로는 가시오가피를 심어 다음 주에는 수확을 할 수 있도록 만들었다.

"보기 좋군."

이제 이곳은 형형색색의 나무가 줄을 지어 늘어선 아주 보기 좋은 산지가 조성될 것이다.

산지에 나무를 심은 강수는 그곳에 병아리를 대량으로 풀어놓고 높은 장벽과 파풍망을 쳤다.

삐약삐약.

성별을 가리지 않고 마구잡이로 사들인 병아리는 낯선 땅에 내려서자마자 이리저리 뛰어다니며 불안한 기색을 드러냈다.

여기저기에 똥을 싸놓는가 하면 바닥에 납작 엎드려 몸을 떠는 녀석도 있었다.

하지만 이곳에 주기적으로 모이를 주고 성체로 키워놓으면 알아서 번식하며 질서를 잡아갈 것이다.

강수가 이곳에 병아리를 풀어놓은 것은 벌레들이 수액을 빨아 먹기 때문이었다.

나무에 기생하며 수액을 빨아 먹는 것은 병충해를 유발하기도 하지만 벌레들이 엄청 튼실하게 자라난다는 뜻이기도 했다.

더군다나 파풍망을 쳐놓아 한 번 들어오면 나가기가 힘들기 때문에 발을 들인 개체는 평생 이곳에서 살아가야 한다.

그렇다면 곤충들은 지속적으로 엔트의 수액을 마실 수밖에 없을 테니 그 영양가는 배로 늘어갈 것이다.

그 곤충들을 먹으면서 자라난 닭의 품종이 우수해지는 것은 두말하면 잔소리다.

강수는 병아리 무리에 모이를 뿌린 후 바로 옆에 양동이를 놓고 물을 가득 채웠다.

이렇게 하루에 한 번씩 모이와 물을 주기만 하면 알아서 자라날 테니 나무를 키우는 김에 조금만 신경 쓰면 되었다.

"짜식들, 마음껏 먹고 자라라."

가끔 지네와 같은 해충이 병아리를 위협할 수도 있지만 그런 자연 해충을 이겨내야 진짜 좋은 품종이 탄생하는 법이다.

*　　*　　*

이른 아침, 강수는 인근 산지 중에서 가장 높은 고지인 강성봉에 올랐다.

"후우!"

강성봉은 산의 정기가 가장 잘 모이기 때문에 소환술을 사용하기 가장 적합했다.

강수는 이제 1서클 마스터를 넘어서 2서클 초입에 접어들었다.

이 정도라면 초급 대형 몬스터나 무리를 지어 생활하는 몬스터를 소환할 수 있었다.

하지만 아직 그런 고차원적인 마법을 펼치기엔 무리가 있었다.

그는 하루에 한 번씩 펑거스를 소환했다. 버섯을 경작하자면 어쩔 수 없는 선택이었다.

이 작업은 꽤 귀찮은 일이긴 하지만 소환술을 단련하는 데 아주 좋은 방법이기도 했다.

우우우웅!

'소환!'

강수의 오른손에 마나 서클이 생기더니 이내 파란색 구체를 만들어냈다.

그리고 그 구체는 작은 아공간을 만들어내어 펑거스를 소환해 냈다.

끼릭끼릭…….

"으음, 오늘은 꽤나 씨알이 좋은 녀석들이 나왔군."

펑거스의 씨알이 굵으면 종이 좋은 버섯이 많이 피어난다.

이제 슬슬 강수의 마력이 증강함에 따라 조금 더 진기한 버섯들을 볼 수도 있을 것 같았다.

숲을 향해 걸어가는 펑거스 무리를 잡아서 가방에 잘 갈무리한 강수는 하산 준비를 했다.

바로 그때였다.

두근!

"허, 허억!"

그의 심장에 자리 잡고 있던 드래곤 하트가 이상 현상을 일으켰다.

마치 심장이 터질 것 같은 느낌이 들고, 위에선 비릿한 피 냄새가 진동했다.

"쿨럭쿨럭!"

강수는 그 자리에 누워 피를 토해 버렸고, 순간 마나의 아공간이 폭주를 시작했다.

꿀렁꿀렁, 슈가가가가각!

"이런 제기랄!"

설마하니 마나가 폭주할 것이라곤 전혀 생각하지 못한 강수는 서둘러 심장에 마나를 흘려보낸다.

우우웅, 팟!

"크헉!"

하지만 드래곤 하트는 강수와의 융합을 원망하기라도 하는 듯 여전히 요동치고 있을 뿐이다.

"허억허억!"

바닥에 납작 엎드려 숨을 몰아쉬던 강수는 서서히 정신을 잃어갔다.

희미해져 가는 정신. 강수는 마지막으로 아공간에서 한 무리의 몬스터가 쏟아져 나오는 것을 보았다.

그리고 그는 끝내 정신을 잃고 말았다.

* * *

다음 날 아침, 강수는 강성봉에서 눈을 떴다.

"으음……."

머리는 깨질 듯이 아프고 심장 부근은 아직도 따끔거렸다.

아무래도 드래곤 하트를 흡수하면서 부작용이 생긴 것 같았다.

"제기랄, 큰일이군."

도대체 마나의 아공간에서 무슨 몬스터들이 튀어나왔는지 알 수가 없는 상황에서 정신까지 잃었으니 눈앞이 캄캄해졌다.

이내 자리를 털고 일어선 강수는 일단 마을로 내려가 몸을 추스르기로 했다.

천천히 하산하던 강수는 자신의 작업장이 거의 초토화가 되었음을 알 수 있었다.

"이, 이럴 수가!"

수확을 기대할 수 있을 만큼 튼실한 열매들이 열렸을 나무들은 죄다 뽑혀 있고, 버섯은 다 자취를 감추어 버렸다.

아마도 누군가 과일을 따 먹고 버섯까지 취해서 잠적한 것으로 보였다.

"빌어먹을 자식들! 도대체 왜 나무까지 죄다 파헤쳐서……."

강수는 죽어버린 나무의 잔해를 살펴보았다.

사각사각.

"톱밥이라……. 나무를 일부러 벌목한 것인가? 단단한 부분을 취하기 위해서?"

열매를 따 먹은 나무를 베어내어 질기고 단단한 부분만 취해갔다.

만약 이것이 몬스터의 소행이라면 도구를 쓸 줄 아는 인간형 몬스터라는 소리다.

강수는 인간형 몬스터 중에서 가장 머리가 좋은 종을 떠올려 보았다.

"설마 오크, 아니면 라이칸스롭? 그것도 아니라면 오우거?

으음……."

지금으로선 놈들의 종을 짐작하기가 힘들었다. 도구를 쓸 줄 아는 몬스터는 생각보다 많기 때문이다.

어쩌다 드래곤 하트가 폭주를 일으켰으니 상상 이상의 몬스터들이 등장했을 수도 있었다.

"큰일이군."

일단 그는 마을로 내려가 놈들이 벌일 약탈 행각을 뒤쫓았다.

*　*　*

강수의 예상대로 몬스터들이 마을을 약탈하고 다녔음을 알 수 있었다.

강수의 옆집에 사는 영진이네는 아침부터 난리가 났다.

"엄마! 염소가 다 없어졌어!"

"뭐?!"

"세상에, 닭도 없어!"

"이, 이런 말도 안 되는 경우가 다 있어?!"

집에서 키우던 염소가 없어진 것은 물론이고 심지어는 마당에서 뛰어놀던 닭까지 죄다 없어진 모양이다.

그뿐만이 아니었다. 영진이네를 제외하고도 무려 열 가구나 되는 집에서 곡식과 가축을 털렸다고 난리였다.

"이거 경찰에 신고해야 하는 것 아니야?!"

"그러게 말이에요. 아무리 세상이 흉흉해도 우리 마을에 도둑이 들다니……."

순진한 마을 사람들의 등을 쳐 먹는 사기꾼이 등장했으면 등장했지 가축과 곡식을 훔치는 도둑이 등장한 것은 처음이다.

요즘 재선충으로 인해 마을이 온통 난리였으니 그 충격은 생각보다 크게 다가왔을 것이다.

'어서 손을 쓰지 않으면 큰일 나겠군.'

어떤 몬스터인지는 몰라도 단순히 파출소 경비 병력으론 잡기 힘들 것이 분명했다.

강수는 도둑을 맞은 집들을 돌아다니며 몬스터의 흔적을 찾았다.

가장 먼저 그는 가축들이 죽지 않은 채로 고스란히 사라졌다는 것에 주목했다.

'라이칸스롭이나 오우거는 아닌 모양이군.'

흔히 생각하는 늑대인간의 모습인 라이칸스롭은 지능과 전투력은 꽤 높지만 성질이 매우 포악했다.

게다가 한번 자극을 받으면 주변의 모든 생물을 모조리 도륙 낼 정도로 충동적이다.

아마 마나 홀을 빠져나와 이곳까지 왔다면 그들은 엄청난 스트레스를 받았을 것이다.

그럼에도 불구하고 가축을 죽이지 않은 것을 보면 분명 라이칸스롭의 소행은 아닌 것 같았다.

'그렇다면 오크와 고블린, 코볼트 정도 되려나?'

고블린은 성인 남성에 비해 조금 작은 키와 덩치를 가진 몬스터인데, 그 지능이 인간에 버금갈 정도이다.

하지만 질서 의식이 없고 약탈을 즐기기 때문에 인간에겐 천적으로 인식될 정도로 악랄한 녀석들이다.

만약 이놈들이 고블린이었다면 사람까지 죽여 잡아갔을지도 모를 일이다.

이제 남은 것은 오크와 코볼트인데, 코볼트는 나무를 베어낼 정도의 힘이나 염소를 산 채로 잡아갈 정도로 인내심이 강하지 못하다.

'으음, 오크일 가능성이 거의 90%가량 되는군.'

조금 더 조사를 해봐야 알겠지만 마을을 약탈한 몬스터는 오크일 가능성이 높았다.

강수는 깊은 고민에 빠졌다.

오크는 지능은 인간에 비해 낮지만 무리 생활을 하며 강력한 지도자를 따라 응집한다.

따라서 부족 군락을 이뤄 생활하는 경우도 있었다.

한번 무리를 지으면 끝도 없이 번식하는 오크들은 신체능력이 인간보다 뛰어나기 때문에 같은 숫자로 전투를 벌이면 꽤나 골치 아플 수도 있었다.

그나마 인간이 오크들에 비해 월등한 무기와 전략을 갖고 있기 때문에 점령을 당하지 않았을 뿐이다.

'혼자서는 힘들고…….'

군경을 동원할 수 있는 상황도 아닌데 오크의 숫자는 많은 것으로 보였다.

그렇다면 이제 남은 것은 구원 병력을 스스로 만들어내는 수밖에 없었다.

강수는 이내 엔트가 살고 있는 작업장으로 향했다.

*　　*　　*

엔트는 갑자기 산으로 올라와 자신에게 영양제를 두 방이나 놓아준 강수를 바라보며 연신 고개를 갸웃거렸다.

—이, 인간, 이상하다.

"뭐가?"

—왜 나에게 영양제를 놓아주는 거냐?

"쳇, 멍청한 줄 알았더니 아주 바보는 아닌 모양이군."

강수는 엔트가 그저 눈치 느린 나무 정령이라고 생각하고 있었다. 하지만 꽤나 눈치도 있고 사리 분별도 가능한 모양이다.

"거래를 하자."

—거, 거래?

"만약 네가 나의 부탁을 들어준다면 하루에 세 번씩 영양제를 놓아주겠다."

—여, 영양제!

자세한 것은 모르겠지만 영양제는 엔트에게 마치 마약과 비슷한 작용을 하는 것 같았다.

하루에 한 번씩 엔트에게 영양제를 놓을 때마다 녀석은 마치 필로폰을 복용하는 것 같은 표정을 지었다.

강수는 그 중독성을 이용해서 엔트를 회유하기로 한 것이다.

엔트는 두 번 생각할 것도 없이 강수의 제안을 받아들였다.

—조, 좋다. 하지만 조금 더 약효가 좋은 녀석을 사용해야 한다.

"으음, 얼마나?"

—저, 저번에 가져온 보라색 약이 좋았다.

강수는 원예 상가에서 받은 고급 영양제를 놓아준 적이 있는데, 그것은 신약이라서 일반 영양제보다 두 배 정도 비쌌다.

"흠……."

—이, 인간, 약속 지키면 나도 지킨다.

확실히 엔트는 거짓말은 하지 않는 녀석이다. 투자해서 손해를 볼 일은 없다는 소리였다.

"좋다, 거래에 응하지."

—오, 오오……!

"대신 오늘은 일반 영양제를 맞아야 해. 주문해서 가지고 오는 데 최소한 하루는 걸리니까."

—아, 알겠다. 크흐흐.

강수는 엔트에게 영양제를 놓아주었다.

푸욱.

—조, 좋다. 영양제, 너무 좋다.

역시 엔트는 영양제를 투여하고 나면 확실히 중독 증상과 비슷한 행동을 보인다.

'꽤나 요긴하게 사용할 수도 있겠군.'

이윽고 강수는 녀석에게 자신의 계약 내용에 대해 설명했다.

"네 과실에서 태어난 묘목들이 있어. 그 녀석들을 데려다 줄 테니 중묘목이 되면 나를 따라서 싸워 달라고 말해줘."

—싸, 싸움?

"위험한 것은 아니야. 오크라는 몬스터를 아나?"

—오크, 더럽다.

엔트는 전대 모계수에 있을 때부터 차곡차곡 그 지식을 전수받게 된다.

그러다 성체가 되면 그 지식을 상기시켜 살아가는 데 사용하게 되는 것이다.

그렇기 때문에 후박나무를 사용하면 좋을 것이라는 사실을 강수에게 알려줄 수 있었던 것이다.

그는 전대 모계수가 가진 오크의 지식인 '더럽다'는 이미지로 기억하고 있었다.

"하지만 열 그루의 중묘목이라면 오크를 이기고도 남을 것 아니야?"

—으음, 그렇다. 열 그루라면 충분히 이긴다.

"그 이후엔 너처럼 숲에 뿌리를 박고 영양제를 맞으며 살 수 있도록 해주겠다."

—조, 좋다, 그렇게 하겠다.

어차피 고향으로 돌아갈 수 없다면 이곳에 뿌리를 박고 사는 것도 그리 나쁜 선택은 아니었다.

벌목을 당할 바엔 수액이나 조금씩 나누어 주고 평화로운 삶을 사는 편이 나았다.

협정을 맺었으니 이제 엔트의 묘목들을 찾아올 차례였다.

*　　*　　*

모계수인 엔트의 주변으로 심어진 엔트의 중묘목들은 그의 당부를 듣고 있었다.

—이, 인간을 따라라. 인간을 따르면 행복하게 살 수 있다.

엔트는 쓸데없이 피를 보느니 강수와 타협해서 살아가는 것이 낫다고 묘목들을 세뇌시켰다.

중묘목들은 엔트의 말을 알아듣고는 그것을 신조로 새기게 되었다.

강수는 중묘목들이 자신에게 충성하는지 알아보기 위해 손을 건넸다.

"열매를 내놔."

사각!

하지만 녀석들은 강수의 말을 듣지 않고 경계심 가득한 반응을 보였다.

엔트는 강수에게 등가교환법칙을 종용했다.

—여, 영양제다. 한 방 맞으면 알아서 말을 듣는다.

"아하, 그렇군."

아직 천국을 맛보지 못한 녀석들이 강수를 순순히 따를 리가 없었다.

푸욱.

사그락사그락!

영양제를 한 대 맞은 중묘목은 강수에게 알아서 열매를 내어주었다.

강수는 중묘목에게서 열매를 받아 그 맛을 보았다.

사각!

"으음, 쓰군. 아주 제대로야."

—이제 영양제를 하루에 한 번씩만 놔줘도 말을 들을 거다.

"자식, 생각보다 융통성이 있군."

—사, 사는 것이 중요하다. 그리고 영양제, 좋다.

아마도 엔트는 이제 강수에게 완전히 길들여진 모양이다.

든든한 지원군을 얻은 강수는 오크를 찾으러 길을 떠났다.

제8장

반항하는 자들의 최후

오크들은 가는 길목마다 꼭 흔적을 남기고 다닌다.

과실을 따 먹고 나무를 베어 밑동만 남긴다든지 가축의 뼈를 아무렇게나 버린다든지 하는 일들이다.

녀석들은 뒤처리에 대한 개념도 없기 때문에 배설도 아무데다 막 해댄다.

그렇기 때문에 그 흔적을 따라다니다 보면 오크의 부락을 발견하는 것은 시간문제였다.

강수는 오크의 흔적을 따라 강성봉 능선을 전부 다 뒤졌고, 삼 일 만에 오크의 부락을 찾을 수 있었다.

놈들은 강성봉 정상에서 약 5㎞ 떨어진 산등성이에 진을 치고 있었다.

오크들은 나무로 엉성하게 목책을 세우고 단단한 나무판을 갈아서 만든 봉 위에 날카롭게 벼려진 동물의 뼈를 매달아 창을 만들었다.

그리고 나무줄기를 엮어 활까지 만들어 사용하는 것 같았다.

멀리서 망원경으로 오크들의 무장 상태를 확인한 강수는 낮게 신음했다.

"흐음, 생각보다 체계가 잘 잡혀 있군. 전사 등급의 오크가 지휘하고 있는 건가?"

오크들은 태어날 때부터 전사와 일꾼으로 나누어져 키워진다.

덩치와 기질, 지능 등을 고려하여 새끼들을 나누는데, 그 분류가 생각보다 꽤나 엄격했다.

그렇게 하여 태어난 전사들은 전략의 기틀을 잡고 작은 군대를 양성하는 데 힘을 쏟는다.

인간에 비하자면 허술하고 조악하기 그지없지만 혈혈단신으로 20마리가 넘는 오크를 상대하기란 무척 힘들 것이다.

계속해서 기척을 숨기고 오크 부락을 관찰하던 강수는 이곳에 있는 오크들의 숫자가 총 25마리라는 것을 알 수 있었다.

부락을 지키는 오크가 열 마리, 밖에서 채집을 해오는 오크가 열다섯 마리였다.

그중에 암컷이 있는지 확인하기는 힘들어 생식이 가능한지는 알 수가 없었다.

"스물다섯 마리라……. 조금 버거운 싸움이 될 수도 있겠군."

하지만 꽤나 든든한 지원군이 있으니 조심스럽게 승리를 점칠 수도 있을 듯싶었다.

* * *

늦은 밤, 칠흑 같은 어둠이 강성봉 언저리에 내렸다.

"크룩크룩……."

오크 무리를 보호하는 전사들은 철통같은 경계로 막사를 지키고 있었다.

그들은 가축을 잡아 얻은 가죽과 고목나무의 밑동을 이어 만든 갑옷을 차고 있었다. 강철로 만든 검이 아니라면 충분히 방어해 낼 수 있을 정도의 내구성을 가지고 있었다.

아힌리히트의 정원에서 살아남은 그들의 생존 방식은 이렇듯 철옹성을 만들고 전사들을 앞세워 적을 경계하는 것이었다.

이렇게 무난하게 시간이 흐른다면 조금 더 발전한 갑옷과

무기를 가질 수 있을 터이다.

계속되는 경계에 오크들은 조금씩 눈이 감겨오는 것을 느꼈다.

"크룩크룩."

이제 곧 보초를 교대하여 눈의 피로를 씻어내고 전투 병기를 손질하는 시간을 갖게 될 것이다.

경비병 오크들은 슬슬 교대를 준비하고 있었고, 망루에 오른 오크들 역시 다음 교대자가 오는 곳을 주시하고 있었다.

바로 그때였다.

피융, 팟!

"꾸웨에에엑!"

"크룩크룩!"

어디선가 날카로운 독침이 날아와 망루 위에 앉아 있던 오크의 목덜미에 꽂혔다.

독침을 맞은 경비병은 그대로 기절해 버렸고, 나머지 오크들은 침입자를 찾아 신속하게 움직였다.

"크루우우욱!"

오크 전사 아홉 마리가 완전무장한 채 길을 나섰고, 일꾼 오크들은 남은 병장기로 무장한 채 부락을 지켰다.

그 어떠한 경우라도 본진을 잃게 되면 돌아갈 곳이 없다는 것을 오크들은 경험을 통해 터득하고 있었다.

"킁킁……!"

후각이 발달한 오크들은 자신들이 아닌 다른 냄새를 인식하기 위해 땅바닥에 코를 대고 킁킁거렸다.

하지만 극도로 발달된 그들의 후각이 전혀 말을 듣지 않았다.

"크룩?"

바로 그때였다.

철컹, 퍼엉!

"크룩?!"

하늘에서 한 무더기의 펑거스가 날아와 오크들을 덮쳤다.

끼릭끼릭.

"꾸컥꾸컥!"

펑거스들이 피운 지독한 포자 때문에 오크의 예민한 후각이 타격을 입고 말았다.

오크들은 죽기 살기로 자신들의 발아래에 있는 펑거스들을 때려잡기 시작한다.

퍽퍽!

꿀럭…….

"쿠헉, 쿠헉……."

눈물과 콧물을 잔뜩 빼낸 오크들은 약이 올라 포효했다.

"크루루루욱!"

"크룩크룩!"

성난 오크족 전사들은 미친 듯이 침입자를 찾아 달렸고, 마침내 한 인간 청년과 마주했다.

그는 나무로 만든 갑옷와 방패를 들고 오크들을 맞았다.

"오호라, 예상대로 진짜 오크족 전사들이었군."

"크룩!"

어차피 인간과는 말이 통하지 않을 터, 그들은 긴 죽창으로 인간을 견제하는 동시에 화살을 쏘아 밀어붙였다.

축축, 핑핑핑!

"생각보다 더 체계적인 전술을 가지고 있군그래."

인간은 그들의 공격을 아무렇지도 않게 막아내면서 천천히 거리를 벌렸다.

아마도 화살의 사정거리에서 벗어나려는 것 같았다.

거리가 멀어지면 승리를 확신할 수는 있지만 화근을 제거할 수 없음을 오크들은 너무나 잘 알고 있었다.

"크룩!"

오크족 전사들은 동물 뼈로 만든 죽창을 있는 힘껏 집어 던졌다.

부웅!

퍼억!

"크흑!"

인간은 방패로 죽창을 막아냈지만 아주 힘겨워하는 표정을 짓고 있었다.

아마도 오크들이 내는 괴력을 버텨낼 재간이 없는 것이 틀림없었다.

"크룩크룩!"

이대로 그를 밀어붙이면 오크족은 다시 한 번 생존의 발판을 마련할 수 있을 것이다.

바닥에 있는 돌멩이와 나무 몽둥이를 들고 전진하던 오크족 창병들은 마침내 인간 청년과 얼굴을 마주하게 되었다.

"이놈들……."

"크룩크룩!"

높이 몽둥이를 들어 올린 오크들, 하지만 그들은 뭔가 잘못되었다는 느꼈다.

"……?"

자신들을 향해 뭔가 빠른 속도로 전진해 오고 있다는 것을 깨달은 것이다.

파바바바바밧!

"크룩?"

퍼억!

"꾸웨에에엑!"

바닥에서 오크족 전사 머리통만 한 돌멩이가 달린 나무뿌리가 올라와 그들을 공격했다.

좌락!

오크족 전사들은 머리에 피를 철철 흘리며 쓰러졌다.

"쿠헉쿠헉……."

"몽둥이로 흥한 자, 몽둥이로 망할지니."

인간 청년은 몽둥이를 들었고, 나뭇가지들은 오크족 전사들의 손과 발을 속박했다.

꽈드득!

"크룩!"

"한 이천 대 맞다 보면 너희가 무슨 잘못을 한 것인지 깨닫게 될 것이다."

청년은 오크들을 무자비하게 두들겨 패기 시작했다.

*　　*　　*

강수는 엔트들의 도움으로 오크들을 제압할 수 있었다.

"크룩크룩……."

피가 떡이 되도록 두들겨 맞은 오크족 전사들은 목발을 짚고 부락으로 향했다.

강수는 엔트의 에스코트를 받으며 부락에 도착하여 남은 오크족 잔당을 불러냈다.

"어서 내 앞으로 튀어오도록."

"크룩."

오크족 전사들은 자신들이 싸움에서 패했다는 것을 알렸고, 부락을 지키고 있던 일꾼 오크들은 알아서 병장기를 내려놓았다.

우두머리만 족치면 오합지졸들은 알아서 꼬리를 내리게 마련, 강수는 속전속결로 오크 부락을 점령했다.

강수는 자신의 앞에 일렬로 늘어선 오크들에게 말했다.

"이 새끼들, 쓸데없는 반항을 했군. 그냥 평화적으로 넘어가려 했건만 어쩔 수 없다. 엎드려뻗쳐라!"

"크룩?"

아무래도 그들은 엎드려뻗치라는 말을 알아듣지 못하는 것 같았다.

"그래, 엎드려뻗쳐는 처음이지?"

강수는 오크족 전사 중 한 마리에게 다가가 발을 걸어 넘어뜨렸다.

퍼억!

"끄웩!"

그리곤 오크의 몸을 돌려 엎드리게 한 후 두 팔로 몸을 지지하도록 자세를 잡아주었다.

"자, 봤지? 이게 바로 엎드려뻗쳐다. 다들 엎드려뻗쳐."

우물쭈물하던 오크들은 이내 본보기를 보인 오크를 따라 엎드려뻗치기 시작했다.

강수는 일렬로 늘어선 오크들의 엎드려뻗쳐 행렬 앞에 몽둥이를 들고 섰다.

몽둥이는 울퉁불퉁한 요철로 되어 있어 한 대 맞으면 눈물이 찔끔 날 정도로 아플 것이다.

그는 이번 매타작으로 본보기를 보일 요량이다.

"소환수는 소환사의 말을 들어야 한다. 그게 심장의 폭주든 어쨌든 말이다."

강수는 힘껏 몽둥이를 휘둘렀다.

부웅, 퍼억!

"끄웨에엑!"

"시끄럽다! 어서 엎드려뻗치지 못할까?!"

첫 타를 맞은 오크는 거의 자지러지듯 소리를 질렀고, 강수는 그의 목덜미에 칼을 들이댔다.

스릉!

"죽고 싶나?"

"크룩……."

"죽기 싫으면 어서 엎드려뻗쳐라."

이내 다시 엎드려뻗치는 오크, 강수는 계속해서 매타작을 이어갔다.

*　　*　　*

벌써 10분째 이어지고 있는 매타작.

오크들은 점점 자신의 차례가 다가오고 있음에 몸을 떨었다.

퍽퍽퍽!

"꾸웨에에엑!"

"다음."

퍽퍽퍽!

"쿠웩, 쿠웩……."

"이런, 기절을 해버렸군."

그 공포는 스물다섯 번째 줄에 선 오크의 오금을 저리게 만들었다.

"크룩……."

어쩌다 인간 하나를 잘못 만나서 이 고초를 겪는지 복장이 다 뒤집어질 노릇이다.

하지만 목덜미에 바람구멍이 나기 싫으면 일명 '줄빠따'를 버텨내야 했다.

이 줄빠따의 공포감이란 이루 말로 표현하기가 힘들 정도였다.

이 강수라는 인간은 잔악하기 그지없었는데, 한번 줄빠따를 쳐서 기절하는 오크가 생기면 처음부터 다시 매를 휘둘렀다.

좌락!

"정신 차려라! 처음부터 다시 시작한다!"

"크루우욱!"

퍼억!

"어디서 소리를 지르나?"

"…끄응."

반항은 있을 수 없었고, 푸념도 할 수 없었다. 오로지 독재자의 폭행만 있을 뿐이었다.

퍽퍽퍽!

"꾸웨에에엑!"

가장 공포감이 드는 것은 줄빠따 순서가 처음으로 다시 돌아가면 그 매의 숫자가 쌓여 점점 늘어난다는 것이었다.

두당 백 대로 시작한 줄빠따가 무려 열 번이나 되돌았으니 끝으로 오면 천 대가 된다는 소리다.

마지막 줄에 선 오크는 눈앞이 캄캄해졌다.

"끄룩끄룩……."

자신도 모르게 눈물을 흘린 오크를 바라보며 인간 청년은 눈을 부릅떴다.

"어라? 누가 눈물을 흘리라고 했나? 죽고 싶나?"

순간 오크들의 눈초리가 쏟아졌고, 마지막 오크는 당장 눈물을 닦았다.

"훌쩍."

"다시 한 번 말하지만 매를 맞는 놈들은 울 자격도 없다. 처음부터 다시 시작이다."

"……."

도무지 끝을 알 수 없는 구타였다.

* * *

강수는 오크들에게 농기구 사용하는 법을 가르쳤다.

"이건 과수용 가위라는 것이다. 손잡이를 잡고 과실의 꼭지를 잡아 절단하는 것이지. 어때? 쉽지?"

"크룩."

오크는 강수가 하는 대로 과실의 꼭지를 잡고 가위로 연결 부위를 절단했다.

딸깍!

"크룩?"

"그래, 그렇게 하는 거다."

스물다섯 마리의 오크를 데리고 다니면서 과실을 수확한

강수는 엔트를 관리하는 방법도 가르쳤다.

방독면을 하나씩 나누어 준 강수는 펑거스의 포자즙을 나무에 뿌려 곰팡이를 증식시키도록 했다.

"포자즙을 너무 많이 주면 나무가 죽을 수도 있다. 그러니 적당히 줘야 해."

"크룩."

얼마 전, 강수에게 눈물을 보였다 죽을 뻔한 25번 오크가 가장 먼저 실습에 나섰다.

츠룩츠룩.

"너무 많다. 그렇게 포자즙을 주면 그 어떤 생물이라도 죽는다. 죽고 싶나?"

"크, 크룩."

"마지막 기회다. 이번에도 실수하면 너도 죽는 거다."

강수는 슬그머니 피가 묻은 몽둥이를 꺼내 들었다.

척.

"크, 크룩……!"

"다시 해봐."

몽둥이는 이제 오크들에겐 트라우마처럼 각인되어 버렸다.

그래서 몽둥이를 꺼내 드는 것만으로도 오크들은 오줌을 지릴 정도로 공포에 떨었다.

25번 오크는 떨리는 손으로 분무기를 잡았다.

치익…….

하지만 이번에도 분무기로 포자즙을 뿌리는 데 실패했다.

"쯧쯧, 안 되었군. 기회는 왔을 때 잡아야 하는 것이라고 했건만."

"크, 크룩……!"

25번 오크는 제발 살려달라는 표정을 지으며 무릎을 꿇었다.

그러나 강수에게 자비란 있을 수 없었다.

"엎드려뻗쳐라. 안 그러면 아무 데나 다 때릴 수밖에 없어."

"크흑크흑!"

눈물을 찔끔 짜낸 25번 오크가 엎드려뻗치자, 강수는 무표정하게 몽둥이를 휘둘렀다.

퍽퍽퍽퍽!

"끄웨에에에에엑!"

사방으로 살점이 튀고 피가 낭자하는 구타의 현장은 오크들의 오금을 저리게 만들었다.

25번 오크가 실신 직전이 돼서야 구타는 끝이 났다.

"쿠헥쿠헥……."

"다시 한 번 실수를 저지르면 이 꼴이 될 것이다. 다들 알겠나?"

"크룩!"

1번 오크부터 다시 실습을 진행했을 땐 더 이상 실수를 저지르지 않았다.

*　　　*　　　*

강수는 오크들에게 버섯 선별하는 법을 가르치기로 했다.

다른 것은 몰라도 후각 하나는 아주 발달한 오크들이기 때문에 한 번 맡은 냄새는 절대 잊어버리는 일이 없었다.

그는 사진이 붙은 매뉴얼을 나누어주고 해당 사진에 버섯 조각을 붙여 냄새를 구분할 수 있도록 했다.

"보는 바와 같이 버섯은 각기 고유의 향이 존재한다. 이것을 분류하는 것이 중요하지."

"크룩크룩."

"잘 봐라. 이렇게 뿌리까지 채취해서 버섯이 상하지 않도록 다뤄야 한다."

강수는 오크들이 보는 앞에서 버섯을 채취하는 모습을 보여주었고, 놈들은 경직된 손놀림으로 그것을 따라 했다.

워낙 많이 두들겨 맞은 오크들인지라 한 번 얘기하면 절대 까먹는 법이 없었다.

다소 지능이 떨어지는 오크들이긴 하지만 강수의 모진 구타가 뇌 활동을 촉진시켜서 수업을 받을 때만큼은 초인적인 집중력을 발휘했다.

아마 이 정도 집중력이라면 기초 수학이나 언어를 가르쳐도 충분히 실행을 할 수 있지 않을까.

강수는 나중에 기회가 된다면 오크들에게도 언어를 가르쳐서 자신과 직접적인 소통을 할 수 있도록 만들 생각이다.

하지만 그것은 엄청난 시간과 심력이 소모되는 일일 테니 나중으로 미루기로 했다.

"하루의 할당량을 다 채우지 못하면 밥은 없다. 또한 줄빠따를 맞아야 하니 긴장하고 작업하는 것이 좋아."

강수가 줄빠따라는 말만 꺼내도 오크들은 몸을 떨었다.

"크, 크룩……."

워낙 끔찍한 기억인지라 단어만 꺼내도 학을 떼었다.

이제 오크들이 강수에게 반항하는 일은 절대로 없을 것이다.

* * *

강수는 일꾼 오크 중 머리가 가장 비상한 놈들을 데리고 건강원 기계 다루는 일을 시키기로 했다.

이제 점점 여름이 다가오면서 한 사람이 증기를 다루는 일이 쉽지 않아졌기 때문이다.

버튼만 누르면 알아서 즙을 짜내는 간단한 일이고 반복해 숙달시키면 충분히 찜을 찌는 것이 가능하다는 판단하에 내린 결정이었다.

두 마리의 오크는 무려 섭씨 35도의 착즙실에서 강수의 스파르타식 교육을 받고 있었다.

"다시 한 번 말하지만 버튼을 헷갈리면 하루 종일 줄빠따를 맞아야 한다. 알아듣나?"

"크, 크룩!"

매를 버는 아이콘인 25번 오크가 어쩐 일인지 착즙에 뛰어난 재능을 보였다.

녀석은 강수가 한 번 알려준 버튼을 기억하고 있다가 정확하게 그 작업을 실행했으며, 제법 능동적으로 착즙을 했다.

이 정도 능력이라면 착즙의 마지막 공정 과정을 맡겨도 전혀 손색이 없을 듯하다.

나머지 한 마리의 오크는 과일이 든 통을 찜통에 넣고 벨이 울릴 때마다 뚜껑을 열어 내용물을 으깨는 역할을 맡을 것이다.

그리고 하루의 공정이 끝나면 두 마리의 오크는 생산된 내용물을 상자에 담는 것까지 담당하게 된다.

그것을 포장하고 배송하는 일까지 오크를 시키기엔 녀석들의 머리가 따라올 것 같지가 않았다.

강수는 듣는 족족 이해하는 25번 오크와 11번 오크에게 육포를 하나씩 건네주었다.

이 육포는 인간이 먹는 육포로 건어물 시장에서 한 박스에 2만 원씩 주고 산 것이다.

대용량 식자재이긴 하지만 맛이 꽤나 괜찮았다.

"먹어라."

"크, 크룩……."

"괜찮다. 상으로 주는 것이니까 먹어도 된다."

강수에게 육포를 받은 오크들은 육포를 한입 베어 물었다.

"쩝쩝, 크, 크루욱!"

눈이 번쩍 뜨이는 육포 맛에 오크들은 흥분해 날뛰기 시작했다.

"크룩크룩!"

"짜식들, 그렇게 맛있냐?"

"크룩!"

비록 말 못하는 마물이긴 하지만 잘만 다루면 크게 쓸데가 있을 것 같은 놈들이다.

강수는 놈들에게 보상을 내리곤 다시 일을 시켰다.

"다 먹었으면 일해라."

"크룩!"

오로지 줄빠따의 공포감에 사로잡혀 일하는 오크들에게도 이젠 목적의식이 생겼을 것이다.

아마도 일의 능률이 몇 배는 더 오를 수도 있을 듯싶었다.

*　　*　　*

오크들은 나무로 부락을 만들어 생활하는데, 이것은 남이 보기에 썩 좋은 광경이 아니었다.

정체불명의 구조물이 마을에 떡하니 자리를 잡고 있다면 사람들은 분명 의심하게 될 것이다.

강수는 엔트들의 묘목을 베어 만든 통나무로 집을 짓기로 했다.

쿵쾅쿵쾅!

강수는 벌목업자이기도 하지만 나무를 다루는 목수이기도 했다.

끌과 망치를 가지고 직접 조각을 하고 철제 나사를 박아 뼈대를 잡았다.

집의 뼈대는 오크들이 산에서 직접 구한 반석을 이용했고, 머릿돌을 올릴 때에도 모두 오크들의 부역을 동원했다.

강수는 오크들의 집터 근처에 임시 거중기와 도르래를 설치했다. 이것은 건설을 위한 것이기도 했지만 앞으로 오크들의 생활에 도움이 될 것이다.

그들이 도르래의 원리를 깨우치려면 한세월일 테지만 그래도 반복 숙달로 가르치면 사용하지 못할 것도 없을 터였다.

커다란 고목에 도르래를 설치한 강수는 방향 전환을 위한 손잡이를 매달았다.

그는 도르래 끝에 나무를 매달곤 손잡이를 돌려 나무 골조 끝에 대들보로 쓸 통나무의 자리를 잡았다.

"당겨!"

"크룩, 크룩, 쿠룩……!"

강수의 구령에 맞춰 열심히 밧줄을 당기자, 나무가 하늘 높이 떠올랐다.

그는 이제 손잡이로 정밀하게 대들보의 위치를 잡곤 골조 위로 올라가 목공용 접착제를 발랐다.

그리곤 천천히 통나무를 내릴 것을 지시했다.

"천천히, 천천히!"

"크룩, 크룩……!"

오크들이 통나무를 천천히 내려놓자, 강수는 그 위에 철제 나사를 박고 나무를 덧대어 지붕을 올릴 수 있는 기와를 얹었다.

대들보를 올린 강수는 막걸리를 꺼내어 집 근처에 뿌렸다.

"고수레, 고수레!"

예로부터 대들보를 올릴 때엔 고사를 지내는데, 강성마을에선 이렇게 집 주변에 막걸리를 뿌렸다.

막걸리를 모두 다 뿌린 강수는 가방에서 편육을 꺼내놓고 단을 쌓았다.

"자, 여기에 어서 절하자."

"크룩?"

"절. 내가 하는 것을 잘 보고 따라 해."

이 집은 오크들을 위한 것이니 고사도 오크들이 지내야 옳았다.

강수가 무릎을 꿇고 절하자 오크들은 그를 따라서 정중히 절을 올렸다.

"산신령님, 이 집이 무너지지 않고 잘 버틸 수 있도록 도와주세요."

"크룩크룩."

토속신앙을 믿을 리 없는 엘프이지만 이제 그는 레비로스임과 동시에 이강수다.

당연히 마을의 전통을 따르는 것이 맞다고 생각한 것이다.

한 차례 절을 올린 강수는 다시 일어나 건축을 시작했다.

* * *

약 일주일의 공정이 끝나고 난 후, 스물다섯 마리의 오크가 생활하기 충분한 집이 완성되었다.

집 안에는 군대의 막사처럼 평상을 만들었고, 그 위에는 각종 물건을 수납할 수 있는 관물대를 얹었다.

"이제부터 잠은 이곳에서 잔다. 삼단 매트리스를 사용할 것이고 보일러는 내가 직접 가동시킨다."

"크룩?"

오크들은 바닥에 집단을 깔고 서로 체온을 느끼며 잠을 자던 습관을 가지고 있다.

그런 녀석들에게 침상 생활은 아주 신선하며 새로운 문화일 것이다.

하지만 반복하다 보면 자연스럽게 그 문화를 받아들일 수밖에 없는 오크들이다.

강수는 평상에 매트리스를 깔고 그 위에 누워 잠을 청하는 시늉을 했다.

"이렇게 자는 거다. 알겠나?"

"크룩크룩?"

"잠을 자는 거라고. 이쪽으로 와서 누워."

오크들은 강수가 시키는 대로 평상에 누웠다. 그리곤 강수와 함께 평상에서 잠을 청했다.

"이대로 잔다. 오늘 하루 참으로 고단하게 지냈으니 잘 자는 것도 중요해."

내일의 노동력을 확보자하면 이런 생활이 꼭 필요했다.

하루의 고단함은 꿀잠을 제공하는 법, 오크들은 바닥에 머리를 대자마자 깊은 잠에 빠져들었다.

"드르러러렁! 쿠우우울!"

마치 천지가 개벽하는 듯 엄청난 코고는 소리가 막사 안을 진동시켰다.

"젠장, 더럽게 시끄럽군."

강수는 자리에서 일어나 막사 문을 닫고 집으로 돌아갔다.

이른 새벽, 강수는 한창 잠에 빠져 있는 오크 막사의 문을 발로 차며 안으로 들어섰다.

콰앙!

"기상이다! 어서 일어나!"

"크, 크룩?"

"일어나라고!"

강수는 매트리스의 아늑함에 젖어 꾸물거리는 오크들의 허벅지를 몽둥이로 때리며 뛰어다녔다.

퍽퍽퍽퍽!

"끄웨에에에엑!"

"이 새끼들이 아직 덜 맞았군!"

"크룩, 쿠룩!"

몽둥이찜질을 당할 생각에 화들짝 잠에서 깬 오크들은 재빨리 자리에서 일어섰다.

"행동이 느리다! 이래서 어디 먹고살겠어?!"

"크룩!"

"내가 기상을 외치면 자리에서 벌떡 일어서라. 그렇지 않으면 줄빠따를 칠 것이다."

"크, 크룩……!"

잠에서 깨어난 오크들에게 강수는 밀가루 빵을 나누어 주었다.

"이것이 아침이다. 먹고 일할 준비를 마친다. 실시!"

"크룩!"

오크 막사에 내무형 생활이 막을 열었다.

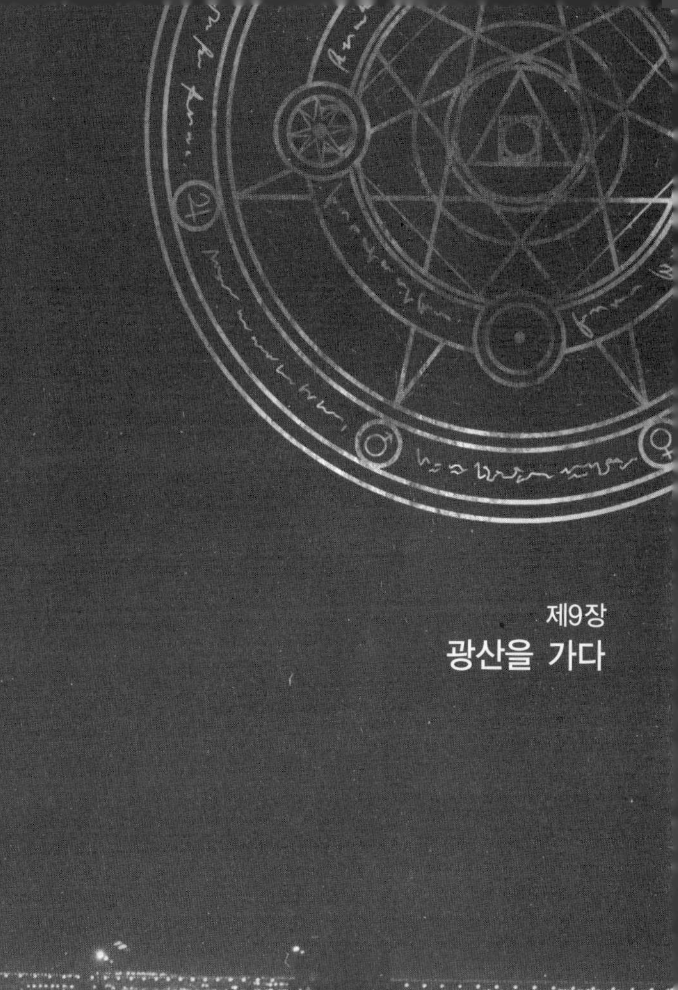

제9장

광산을 가다

강원도 정선의 북부엔 오래된 폐광이 많았다.

한국은 우수한 석재가 많이 나기로 유명했는데, 그것은 아주 오래전부터 이어져 왔다.

전래동화에 보면 멀쩡히 길을 걷다 대낮에 황금을 줍는 애기가 등장하곤 한다.

이것은 물론 현실성이 없는 애기지만, 그만큼 한국에는 좋은 금맥이 많았다는 애기이기도 했다.

그 옛날 한반도를 놓고 주변의 열강들이 눈에 불을 켜고 달려든 것도 이 금맥을 차지하기 위함이었다.

만약 한반도에 금맥이 없었다면 그 모진 침략을 조금은 덜 받았을지도 모른다.

미국 서부 캘리포니아에 골드러시가 일어났던 것은 그곳의 금광이 그야말로 희대의 노다지였기 때문이다.

한국의 금광은 그와 비슷한 형질을 갖는데, 특히나 강원도 정선과 영월에 많이 분포되어 있었다.

1톤당 6g의 금이 나오면 그 금광은 경제성이 충분한 금광으로 인정받는다. 강원도 정선에는 1톤당 10㎏의 금이 나오는 최고의 노다지 금광도 발견되었다.

덕분에 일본과 미국, 중국, 러시아 등 열강들은 한국의 금광을 노리고 마수를 뻗쳤다.

그런 암흑기를 지나고 난 후에도 한국의 1960년대에서 70년대까지 금광업이 성행했다.

정선 금광 일대는 그 특수를 받아 상당히 번화하였고, 그 근방으로 술집과 식당이 줄을 지어 늘어섰다.

그 특수는 강원도의 경기를 일으켜 세웠고, 지금의 시멘트 회사들과 항만회사들을 만들어냈다.

하지만 경제개발 5개년 계획을 거치면서 한국의 1차 산업은 종지부를 찍었고, 광업은 서서히 그 자취를 감추게 되었다.

특히나 금광의 경우엔 엄청난 인력과 자금이 동원되기 때문에 한 번 실효성을 잃어버리면 금방 폐광으로 낙인찍혔다.

오랜 세월 정선 광부들을 먹여 살린 광산이 하나둘 문을 닫고 이제는 그 주변의 산을 깎아 시멘트를 만드는 석회석 공업이 주업으로 변하게 되었다.

그렇게 세월이 지나 2013년, 죽은 줄 알고 있던 금광업이 다시 부활하는 듯한 신호탄이 터졌다.

한국 최대의 시멘트회사인 북남시멘트가 정선과 영월 일대의 금광 열 개를 개발한다는 소식이 돈 것이다.

투자자들은 북남시멘트가 벌인 금광산업을 따라 생각보다 많은 투자금을 유치했다.

하지만 그 기대는 북남시멘트의 돌연 사업 포기 선언으로 인해 흐지부지되고 말았다.

북남시멘트는 금광에 대한 기대치만 올리고 적당한 선에서 사업을 접어버리고 만 것이다.

이것은 북남시멘트의 주가만 올리는 꼴이 되었고, 결국 향토기업의 살찌우기 전략에 알부자들만 놀아난 것이다.

그 때문에 지금 폐광의 가치는 더 떨어져 아무도 찾지 않는 골칫덩어리가 되었다.

휘이이이잉!

강수는 강원도 정선의 폐광 앞에 위치한 금광마을을 찾았다.

그 옛날, 광부들의 쌈짓돈을 털어 장사하던 사람들의 흔적만 가득한 이곳은 이제 을씨년스러운 기운만 맴돌고 있었다.

마을 이곳저곳의 창문은 다 깨져 폐허와 같은 분위기를 연출했으며, 사람들이 떠나면서 버린 집들로 인해 거리는 괴기스럽게 보였다.

강수는 이 마을에 남은 유일한 복덕방을 찾았다.

딸랑.

"누구쇼?"

복덕방 주인은 백발이 무성해 금방이라도 숨을 거둘 것처럼 보였다.

"땅을 좀 사려고 왔습니다."

"땅? 이곳 땅을 사겠다고?"

"예, 어르신."

그는 실소를 흘렸다.

"허 참, 이상한 젊은이군. 이 쓸모없는 땅을 사겠다니 제정신인가?"

"저는 멀쩡합니다. 제가 건강식품 사업을 좀 하는데, 천연냉동고를 찾다 보니 그렇게 되었습니다."

"으음, 천연 냉동고라……. 그렇다면 조금 말이 되는 것 같기도 하군."

"적당한 땅이 있겠습니까?"

노인은 지도를 펼치며 말했다.

"보시다시피 이곳은 죄다 폐광일세. 대부분 사업을 포기해서 더 이상 수익성이 없다고 판단된 곳이지. 아마 일반적인 산지에 비해 말도 안 될 정도로 낮은 가격에 살 수 있을 거야."

"으음, 만약 이곳에서 금을 캔다면 어떻게 될까요?"

"쪽박 차겠지."

그는 이내 강수에게 지도를 건넸다.

"만약 그 안이 궁금하다면 표시된 곳으로 직접 가보게나. 사정이 어떤지 알게 될 테니까."

"그래도 됩니까?"

"어차피 아무도 신경을 쓰지 않는 곳이니까 상관없어."

"그렇군요."

"다만 한 가지 약속만 해주게."

"약속이요?"

"금광 깊숙이 들어가지는 말게. 잘못해서 금광이 무너지면 자네가 죽을 수도 있거든. 실제로 이곳엔 금광이 무너져 사업을 접은 곳도 꽤 많아."

"으음, 그렇게 위험한가요?"

"땅을 못 파면 그 금광은 소용이 없어져. 사람이 줄줄이 죽어나가는데 무슨 수로 사업을 벌이겠나?"

"하긴."

"아무튼 모두 다 둘러보고 다시 찾아오게나."

"예, 어르신."

강수는 지도를 챙겨 표시된 지역으로 향했다.

* * *

강원도 산골에선 천연동굴에 술독이나 김칫독을 두고 자연 발효를 시키는 집이 꽤 많다.

실온에서 술을 빚어 장독대에 넣고 천연동굴에 보관하게 되면 그 맛이 깊고 오래간다.

또한 김치 역시 동굴에 넣고 자연 발효를 시키면 그 어떤 묵은 김치와 비교할 수 없을 만큼 뛰어난 감칠맛을 낸다.

예로부터 강원도에는 동굴이 많았기 때문에 가정집에서도 종종 이렇게 동굴에 술과 음식을 넣고 자연 발효를 시키기도 했다.

지금은 김치냉장고나 숙성냉장고가 있어 술맛을 유지시켜준다고 하지만 아직까지 동굴에 들어간 장독대를 따라갈 냉장고는 없었다.

강수는 천연동굴에 술을 넣고 보관하기 위해 강원도 정선 북부를 찾은 것이다.

그는 요즘 가시오가피주나 더덕주 같은 약술을 담가서 판매하고 있는데, 강성마을에는 술독을 보관할 적당한 장소가 없었다.

강성마을에서 읍내까지 나가는 거리와 비슷하니 술독을 보관한다면 꽤나 좋은 효과를 볼 수 있을 것 같았다.

하지만 강수가 받은 지도는 대부분 폐광이었기 때문에 개조가 용이할 것 같지는 않았다.

"이런 곳을 추천해 주다니, 내가 무슨 광부인 줄 아는 건가?"

만약 대장장이 기술이 발달한 드워프가 온다면 몰라도 이 시점에서 금을 캔다는 것은 쉽지 않은 일이었다.

강수는 '폐광, 접근 금지'라고 적힌 푯말을 치운 후 그 첫 번째 광산 안으로 들어섰다.

똑똑…….

동굴 깊은 곳에서부터 물방울 떨어지는 소리가 들려오고 있었다.

그는 지도 옆에 나와 있는 불 켜는 방법을 보고는 동굴 벽을 따라 이동했다.

"이쯤에 스위치가 있을 것 같은데……."

스위치의 위치를 찾아낸 강수는 이내 그 손잡이를 잡고 위로 올렸다.

철컹!

위이이이잉, 치지지징!

깊은 동굴을 따라 일렬로 늘어선 광산의 모습은 음습하면서도 꽤나 이색적인 풍경을 연출했다.

좁다란 갱도를 따라 이어진 철로는 그 옛날 광부들의 애환이 그대로 묻어나는 듯 심하게 닳아 있었다.

강수는 갱도의 철로를 따라 계속해서 안으로 걸어 들어갔다.

갱도의 중간중간에는 광부들이 잠시 쉬었다 갈 수 있도록 작은 의자들이 마련되어 있었다.

의자에는 아직도 그들이 사용하던 수건이 그대로 남아 있었다.

60년대 광산에서 사용했을 하품질의 천 조각에는 광부들의 땀자국이 만든 지도가 선명하게 그려져 있었다.

강수는 그 풍경을 따라 광산의 끄트머리에 위치한 채굴 현장으로 향했다.

채굴 현장에는 곡괭이와 운반 수레가 아무렇지 않게 널려 있고, 그 위에는 안전모와 장갑 등이 올려 있었다.

만약 사람만 있으면 금방이라도 작업을 재개할 수 있을 것 같았다.

강수는 채굴 현장을 손바닥으로 스윽 쓸어내렸다.

슥삭슥삭.

지반은 강수의 손이 닿자마자 스르르 흘러내렸다.

"확실히 지반이 많이 약해지긴 했군."

이 정도로 지반이 약하다는 것은 채굴이 쉽다는 뜻이기도 하지만 잘못하면 갱도 자체가 무너질 수도 있다는 소리였다.

게다가 수익성도 보장되지 않는 금광이니 당연히 폐광시켰을 것이다.

"진정 수익성은 없는 모양이군."

강수는 지도에 나와 있는 금광의 가격을 바라보았다.

[공시시가 1억 5,000만 원.]

"뭐 이렇게 싸?"

이 넓은 광산을 평당 2,000원에 판다니, 도대체 그 수익성이 얼마나 바닥이면 이런 결과가 나올까 싶었다.

더군다나 이 땅은 더 이상 개발될 조짐도 보이지 않으니 완전히 버려질 수밖에 없었을 것이다.

하지만 강수는 이내 지도를 접었다.

땅이 아무리 싸도 덩어리가 커서 인수하기 어렵다고 판단한 것이다.

"다음 광산으로 이동해야지."

기왕이면 술독을 묻을 동굴은 조금 더 견고하고 사람이 오가기 좋은 구조로 되어 있어야 했다.

이번 동굴은 아무래도 리스트에서 제외해야 할 듯했다.

강수는 동굴을 나서서 다음 폐광으로 이동했다.

*　　　*　　　*

대부분의 폐광 상태가 거기서 거기였지만 그나마 괜찮은 곳이 몇 군데 있기는 했다.

아직도 갱도의 지지대가 살아 있고 지반이 꽤 견고해서 보수를 하면 한동안 사용하는 데는 무리가 없을 것 같았다.

하지만 폐광들의 규모가 워낙 크기 때문에 평당 몇천 원을 줘도 1억을 훌쩍 넘기는 물건이 많았다.

그런 물건 중에서 추리고 추려 800만 원대의 아주 작고 저렴한 동네 뒷동산을 찾아낼 수 있었다.

강수는 이 산을 구매하기로 결정했다.

금광마을 부동산에서 이뤄진 계약은 간신히 지팡이를 짚고 다니는 한 노파와 진행되었다.

노파는 계약금, 중도금 같은 절차를 무시하고 그냥 단박에 계약을 끝내고 싶어 했다.

"절차를 생략하면 내가 50만 원 양보해 주지."

"그렇게 양보해 주셔도 괜찮습니까?"

"괜찮아. 어차피 미련도 없는 땅, 싸게 팔고 우리 며느리네 집에나 가려고."

그녀는 이 뒷산에서 약초를 캐거나 고랭지 농사를 지어 자식들을 키웠다고 한다.

예전 금광마을에선 이 정도 땅을 가지고 있으면 목에 힘깨나 주고 다닐 수 있었지만 지금은 사정이 달라도 너무나 달랐다.

무려 4천 평이 넘는 산지를 가졌어도 지역 경제가 다 무너져 버려 유세를 떨기는커녕 쪽박을 차게 생긴 것이다.

더군다나 마을에 사람이 살지 않으니 도무지 버틸 재간이 없었다.

"어서 팔고 이 을씨년스러운 마을을 떠나고 싶어."

"알겠습니다. 그럼 지금 당장 돈을 드리겠습니다."

강수는 수표를 꺼내어 노파에게 건넸다.

"받으시지요. 요즘은 수표로 거래해야 조금 더 안전하다고 들었습니다."

"그래, 수표면 어떻고 동전이면 어때, 값만 제대로 받으면 그만이지."

돈을 받은 노파는 당장 계약서에 서명했고, 등기와 소유권 이전에 대한 권한을 부동산에 위임했다.

"수수료를 드렸으니 알아서 처리해 주시겠지?"

"물론이오."

노파는 이내 자리에서 일어섰고, 그리하여 강수는 금광마을 구석에 위치한 작은 야산을 소유할 수 있게 되었다.

*　　　*　　　*

말이 야산이지 강수가 산 땅은 그냥 동네에서 흔히 볼 수 있는 작은 봉우리에 불과했다.

하지만 이 작은 봉우리 안에는 동굴도 있고 우물도 있어서 건물만 지으면 충분히 양조장을 차려도 될 것 같았다.

노파는 이곳에 있는 오두막까지 강수에게 통째로 넘겨주었다. 오두막에는 당장 사람이 사용할 수 있는 물건이 꽤 많았다.

강수는 이곳에 베이스캠프를 치고 동굴을 수리하기로 했다.

강성마을에서 차로 열 마리의 오크를 동원하여 데리고 온 강수는 이곳 동굴에 숙영지를 편성했다.

시중에서 파는 A형 텐트를 네 동 치고 본격적인 작업에 착수했다.

그는 엔트의 묘목으로 만든 나무 기둥을 잘 손질해서 동굴의 내벽을 수리할 생각이다.

쿵쾅쿵쾅!

끌을 이용해서 나무에 홈을 파고 그것을 서로 연결시켜서 단단한 지지대를 만들었다.

그는 동굴 내부에 일회용 도르래를 세우고 오크들과 함께 작업에 착수했다.

네 마리의 오크가 지지대를 잡고 나머지 오크들이 줄을 당겨 나무를 들어 올렸다.

"천천히, 천천히!"

"크룩크룩!"

몇 번 작업을 해봐서 그런지 오크들은 꽤나 능숙하게 나무를 들어 올렸다.

강수는 도르래의 손잡이를 잡고 균형을 맞춰서 기둥이 들어설 자리를 견고하게 다졌다.

쿵쿵쿵!

그리고 그 아래에 시멘트를 물에 잘 개어 지면의 흙과 섞었다.

"천천히 내려!"

"크룩!"

나무가 비뚤어지지 않도록 균형을 잡아가면서 아래로 내린 강수는 수평계로 다시 한 번 중심을 잡았다.

톡톡, 톡톡.

"으음, 좋아. 이제 당분간은 무너지지 않겠군."

강수는 이어서 동굴 내벽의 천연암벽을 깎아서 만든 벽돌로 내벽을 지지할 장벽을 쌓았다.

이것은 겨우내 술의 온도를 지켜줄 보온막 역할을 하는 동시에 여름엔 냉동고 역할을 할 것이다.

그는 돌의 사방에 홈을 파고 불룩한 쇠못을 박아 돌이 서로 단단히 연결되도록 만들었다.

쇠못은 홈에 간신히 들어갈 정도의 크기로 만들어 일일이 망치로 두들겨 박아야 연결될 수 있었다.

쿵쿵쿵!

한쪽에선 지지대를 잡아주고 한쪽에선 망치를 두들겨 벽돌이 충분히 고정되도록 했다.

강수는 수평계를 가지고 다니면서 일일이 중심을 잡아주어 벽돌이 엇나가는 것을 방지했다.

"으음, 좋아. 이 정도면 합격이군."

반나절, 강수는 이제 지하실의 십분의 일을 완성시켰다.

* * *

강수는 하루의 작업을 끝내고 몸을 씻기 위해 오크 무리를 이끌고 개울가로 향했다.

졸졸졸…….

세신이라는 개념을 아예 탑재하지도 않은 오크들이지만 그저 강수가 물에 들어가라고 윽박지르니 어쩔 수 없이 찬물에 몸을 담갔다.

"차례대로 들어간다. 실시!"

"크룩!"

첨벙!

물에 들어간 오크들을 따라 강수 역시 옷을 벗고 물에 뛰어들었다.

촤락!

"어허, 좋다!"

정선의 물은 상당히 차갑지만 지친 심신을 달래주기엔 그만이었다.

강수는 물에 들어가 샤워타월로 몸을 문지르고 머리에 낀 먼지와 흙을 털어냈다.

그는 오크들에게도 수세미를 건넨다.

"이것으로 몸을 박박 문질러."

"크룩크룩."

오크들은 원래 악취가 심한 몬스터로 유명한데, 워낙 세척과 거리가 멀기 때문이다.

그나마 요즘은 강수가 정기적으로 목욕을 시켜 그 악취가 상당히 줄어들었다.

강수는 그들에게 설거지에 사용하는 수세미를 하나씩 나눠 주고 그것으로 목욕하도록 지시했다.

하지만 녀석들은 자신들이 목욕을 하고 있는 것인지도 모를 것이다.

생전 깨끗한 물에 들어가 씻어본 적이 없는 그들로선 정녕 이해할 수 없는 행동이기 때문이다.

그렇게 샤워를 거의 다 끝내갈 무렵, 오크들은 자신들의 발밑에 시선을 고정시킨다.

"크룩……."

"뭐야? 안 나오고 뭐 해?"

4번 오크가 강수에게 뭔가를 말하려는 듯 손짓했다.

"크룩크룩!"

"이 새끼가 근데……."

답답한 마음에 몽둥이를 들고 물로 뛰어든 강수는 오크들의 시선이 향하는 곳으로 고개를 돌렸다.

화들짝 놀란 오크들이 뒤로 살짝 물러서자, 노을빛을 받은 노란 물체가 반짝거린다.

째앵!

"어, 어라?!"

강수는 오크들을 뒤로 물리고 물속으로 손을 집어넣어 반짝거리는 물체를 집어 들었다.

순간, 강수는 화들짝 놀랄 수밖에 없었다.

"그, 금?!"

그의 앞에 놓인 물건은 바로 지구상의 광물 중 인간이 치장에 가장 많이 쓰는 금속이었다.

이곳에서 금이 많이 난다는 것은 알고 있었지만 이렇게 손톱만 한 금덩이가 그냥 굴러다닐 정도인 줄은 몰랐던 강수다.

그는 이를 이용해 금덩이를 힘껏 깨물어 보았다.

아그작!

"어, 퉤!"

분명 그 금덩이처럼 보이던 돌이 부서지며 금과 모래로 갈라졌다.

그제야 강수는 이것이 바로 말로만 듣던 금광석이라는 것을 알 수 있었다.

수익성이 전혀 없다고 알려져 있던 금광이 사실은 아직도 금맥을 가진 생광일 가능성이 있는 것이다.

강수는 물이 흘러나오고 있는 개울가의 상류로 거슬러 올라갔다.

개울은 산맥 높은 곳에서부터 발원되고 있는 것 같았는데, 그곳은 몇 개의 광산을 끼고 있는 산맥의 시발점이었다.

그러니까 한마디로 이 금광석은 산맥 어디서엔가 굴러 떨어졌을 가능성이 있었다.

게다가 강수가 사들인 산봉우리 역시 그 산맥의 한 갈래이니 잘하면 금광석이 나올 가능성도 있었다.

"으음, 가능성이 있어."

강수는 당장 강성마을로 향했다.

* * *

강성마을에는 그 옛날 한국에 골드러시가 일어난 시절 한창 금광에서 일하던 광부들이 생존해 있었다.

강수는 마을 노인정으로 금광석을 들고 찾아갔다.

금광에서 20년간 일했다는 전직 광부들은 강수가 들고 온 금광석을 단박에 알아보았다.

"이건… 확실히 금광석이군."

"만약 이런 물건이 물길을 따라 흘러내려 왔다면 금광이 살아 있을 가능성이 있을까요?"

"반반이야. 살아 있을 가능성도 있고 아닐 가능성도 있고."

"만약 금광이 살아 있다면 어떻게 되는 겁니까?"

"어떻게 되긴, 노다지를 발견하면 한탕 건지는 것이고 아니면 허탕 치는 것이지."

"으음, 그렇군요."

"하지만 지금 조선팔도에 그런 금광이 남아 있겠어? 벌써 누군가 캐서 팔아먹고 없겠지."

다소 회의적이긴 하지만 이것으로 금광이 살아 있을 수도 있다는 가설이 생겼다.

"금맥을 찾는 방법은 어떤 것이 있습니까?"

"별것 없어. 그냥 맥을 따라서 파다 보면 금맥을 찾을 수 있다네. 만약 운이 나쁘면 순도가 나쁜 금광석을, 운이 좋으면 금이 많이 함유된 금광석을 찾게 되는 것뿐이지."

사실 지금도 금광이 성행하는 지역에 가보면 대부분 이가 말한 방법과 유사한 방법으로 금을 캐냈다.

돌이나 모래, 진흙에 섞여 있는 금을 찾아내기 위해 엄청난 노동력이 희생되는 것이다.

그렇기 때문에 금광에 대한 수익성은 안정적이라고 보기 힘들었다.

"예전 정선 북부의 경우엔 금광이 어땠나요?"

"엄청난 노다지였지. 내 평생 그런 노다지는 본 적이 없다네."

"하지만 지금은 왜 문을 닫았습니까?"

"더 이상 노다지를 발견할 수 없으니 그렇지. 평균적으로

1톤 당 6g은 나와야 금을 캐는데 그곳은 그 미만이었어. 금이 있다고 해도 인건비나 건질 수 있을까 말까 한 정도라고 할 수 있지."

"으음."

만약 강수가 인건비가 들지 않고 금을 채취할 수 있다면 수익성은 보장되는 셈이다.

"아무튼 조언에 감사드립니다."

"조언은 무슨."

노인들은 다시 아무 일도 없었다는 듯 고스톱이나 바둑에 열중하기 시작했다.

*　　*　　*

강수는 금광마을에 금광석 분쇄기 등의 기계들이 남아 있는지 알아보기로 했다.

그는 부동산을 통하여 단 20명 남은 주민 중 유일하게 고물상을 운영하고 있는 김석환이라는 사람을 만날 수 있었다.

김석환은 광산에서 나온 고물들을 다지로 가져가 판매하며 생계를 유지했는데, 지금은 그나마 남은 고물들을 다 정리하고 대도시로 이사 갈 예정이라고 했다.

북동시멘트가 금광을 개발한다고 한창 사업을 벌일 때 땅을 팔아 주머니가 두둑해진 덕분이다.

그 때문인지 그는 강수가 못 쓰는 기계들을 좀 사들인다고 하자 공짜로 기계들을 내어주겠다고 했다.

이것들을 타 지역으로 옮기자면 운송비가 더 든다는 이유에서였다.

강수는 그에게서 10만 원을 주고 금 채취 기계를 샀다.

1톤 트럭에 기계를 싣는 강수를 바라보며 김석환이 물었다.

"그나저나 이 죽어가는 땅에 뭐 하러 기계는 설치하려 하는가?"

"취미라고나 할까요?"

"으음, 취미라……."

"아무튼 그렇게 말씀드리고 싶군요."

"하긴 특이한 취향 가진 이가 어디 한둘이겠나?"

그는 대수롭지 않게 강수를 보내고 자신의 일에 몰두했다.

김석환이 강수에게 넘긴 기계는 분쇄, 분류, 가열 과정을 통해 순도 97%의 금을 얻는 방식으로 되어 있었다.

조금 더 순도가 높은 금을 얻어내는 방식이 많이 생겼지만 지금 당장 그 많은 기계를 강수가 구비하기란 쉽지 않았다.

그는 오크들의 숙영지가 있는 곳에 기계를 설치하고 금광석 채취를 시작했다.

네 마리의 오크가 금광석을 채취하면 두 마리의 오크는 그것을 기계로 옮겼다.

기계는 철광석을 잘게 부수어 고운 입자로 만들고, 한 마리의 오크는 그것에 물을 섞어 다시 채반으로 걸렀다.

이 과정을 계속해서 반복하다 보면 금을 비롯한 금속만 남게 되는데, 이것을 이틀 동안 강한 불로 가열하면 순도 97%의 금만 남게 되는 것이다.

비록 이 공정에 엄청난 인력을 소요되긴 하지만 지금으로썬 최선의 금 채취 방법이라고 할 수 있었다.

까앙, 까앙!

강수는 금광을 따라 곡괭이질을 하고 있는 오크들 뒤에 서서 작업 광경을 지켜보고 있었다.

오크들은 인간에 비해 힘이 좋기 때문에 역시 곡괭이질을 하는 와중 뿜어져 나오는 힘이 엄청났다.

"좋아, 그렇게만 작업하면 충분하다."

어쩐 일로 오크들을 칭찬한 강수는 금 채취의 마지막 작업을 담당한 오크에게로 다가갔다.

녀석은 벌써 나흘째 같은 작업을 반복했고, 4톤의 금광석에서 나온 금은 무려 100g이었다.

4톤의 금광석에서 100g의 금을 얻었다는 것은 생각보다 엄청난 결과였다.

평균적으로 경제성이 충분한 금광의 경우에 5~6g의 금을 캐낸다고 하니 이것은 거의 열 배에 달하는 양이다.

강수는 뜨겁게 달구어진 금의 결정체를 깨끗한 물에 담가 식혔다.

치이이익……!

동그랗게 만들어진 금덩이는 서서히 그 빛을 발했다.

"오, 오오!"

그 옛날 금광산업이 발달했던 것은 맨땅에서 돈을 벌어들일 수 있기 때문이었다.

요즘도 개인적인 금광개발자들이 늘어나고 있는데, 이것은 지하자원의 소유권은 토지의 소유권과는 별개이기 때문이다.

또한 금광채굴업자로 등록하는 것은 비교적 손쉽고 비용도 저렴하기 때문에 일반인도 충분히 이 업계에 발을 들일 수 있었다.

하지만 문제는 경제성이 확실한 금광을 찾는 일이었다.

강수는 그 문제를 단박에 해결했다고 할 수 있었다.

그러나 아직까지 좋아하기엔 일렀다.

"계속 파라. 육포를 한 봉지 더 줄 테니."

"크룩, 크룩!"

이제 오크들은 굳이 몽둥이를 들지 않아도 열심히 일하는 착한 녀석들이 되었다.

강수는 앞으로 일주일 동안 더 뒷동산을 파보아서 나오는 금의 양을 측정하기로 했다.

*　　*　　*

일주일 후, 강수는 최종적으로 모은 금의 양을 측정해 보았다.

다소 들쑥날쑥하긴 했지만 분명 금의 양은 생각보다 엄청났다.

톤당 15g의 말도 안 되는 양이 나오기도 했으며 그보다 적을 때도 6~10g에 달했다.

일주일 동안 채취한 금의 양은 무려 150g, 일반적인 노다지 금광에서 캐낸 금과 비교해도 전혀 손색이 없을 정도였다.

강수는 이것이야말로 진짜 기회라는 것을 절감했다.

그는 지금까지 모은 돈을 가지고 동네 복덕방으로 향했다.

노인은 또다시 자신을 찾아온 강수를 바라보며 연신 고개를 갸웃거렸다.

"또 왔군."

"예, 어르신."

"이번에는 또 무슨 일로 왔나?"

"동굴이 있는 땅을 더 사고 싶습니다."

"이 근방에 있는 땅을 말인가?"

"예, 그렇습니다."

"특이한 청년이군."

"기왕이면 규모가 조금 작고 가격이 낮았으면 좋겠습니다."

"이번에도 술을 보관할 생각인가?"

"그렇지요."

"알겠네. 그와 비슷한 규모의 동굴을 끼고 있는 산을 더 알아봐 주지."

"얼마나 걸릴까요?"

그는 자신의 수첩에 있는 매물들을 강수에게 보여주었다.

"1억 이하의 매물은 생각보다 많아. 일괄적으로 처리하지 않으면 대부분 경매에 넘어갈 물건들이지."

"그럼 1억 이상의 물건들은 어떻게 됩니까?"

"경매는 아니더라도 급매로 시장에 나오게 될 걸세. 한창 이 근방이 재개발로 호황일 때 백 배까지 뛰었던 것을 생각하면 휴지조각이나 다름없지."

"으음, 그렇군요."

"아마 앞으로 다른 기업들이 석회석을 개발하거나 시멘트

공장을 세우기 위해 땅을 사들이겠지. 그렇게 되면 땅값이 아주 조금 오를 수도 있겠군. 아니면 반대로 떨어질 수도 있고."

석회석 공장이 들어서면 근방은 사람이 살기 힘든 환경이 되어버린다.

최소한 석회석 채취 현상에서 상당히 멀리 떨어져야 소음을 듣지 않고 살 수 있기 때문이다.

"내일쯤 연락을 주도록 하겠네. 집에서 좀 기다리라고."

"예, 어르신."

강수는 계속해서 금을 채취하기 위해 현장으로 향했다.

* * *

할 일이 늘어나면 늘어날수록 움직일 수 있는 시간에 한계가 온다.

특히나 건강원과 함께 작업장, 채굴장까지 운영해야 하는 강수에게 있어 시간이란 금과 같았다.

그는 인터넷에 구인 광고를 내고 정선 시내에 사무실을 오픈했다.

사무실은 총 10평 규모에 작은 창고가 딸린 월세 건물로, 보증금 100만 원에 월 20만 원이다.

강수는 인터넷에 월급과 복리후생을 책임진다는 글귀를 올렸다.

〈남매네 건강원〉

월 120만 원.

아침 9시 출근, 오후 5시 30분 퇴근.

주 5회. 격주 토요 근무. 토요일 3시 퇴근.

상여금 지급.

요즘과 같은 불경기에는 그저 월급 꼬박꼬박 주고 잔업만 시키지 않아도 좋은 직장이라는 소리를 듣는다.

할 일만 끝내면 더 이상 부려먹을 일이 없는 강수로선 그 모든 조건을 갖춘 셈이다.

생각보다 일하는 조건이 더 좋았던지 정선은 물론이고 원주와 삼척에서도 지원하겠다는 사람이 나섰다.

일주일간 지원자를 모집하여 총 열 명의 면접자를 선출했다.

이른 아침부터 시작된 면접은 정선 읍내에 위치한 남매네 건강원 사무실에서 진행되었다.

"정민선 씨?"

"네."

"우리 건강원에 지원한 사유가 뭡니까?"

"건강원이라면서요. 할 일이 별로 없을 것 같아서요."

"만약 그렇지 않다면요? 반대로 바쁘다면 어쩔 겁니까?"

"그럼 안 다니죠. 제가 미쳤다고 할 일이 많은 건강원에 다니겠어요?"

첫 면접자부터 정신머리가 좀 이상한 사람이 걸렸다.

강수는 이내 그녀를 내보냈다.

"잘 알았습니다."

"그럼 가봐도 되는 건가요?"

"네, 그럼요."

다시는 얼굴 볼 일이 없는 사람이다.

"자, 다음 분이요."

이윽고 들어선 사람은 20대 중반의 여성이었다.

"임영선 씨, 대학까지 나오셨군요."

"네, 그렇습니다."

"그럼에도 불구하고 경리에 배송 업무까지 겸하는 우리 건강원에 지원하는 이유가 뭡니까?"

"식품영양학에 관심이 많아서요. 제가 좋아하는 분야에 지원한 것이라고 할 수 있지요."

거대한 뿔테안경을 쓴 그녀는 척 보기에도 자신의 관심 분야에 대해 열정을 가진 것으로 보였다.

"앞으로 수많은 연구를 함께 진행할 수 있겠네요."

"으음, 그렇군요."

계속해서 지원 서류를 읽어가던 강수는 불현듯 땅바닥에 쓰러지는 그녀를 발견했다.

"으허헉, 으허어억!"

"이, 이봐요!"

입에서 게거품까지 뱉어가며 발작을 일으키던 그녀는 약 5분 정도 지난 후엔 아무렇지도 않은 듯 자리에서 일어섰다.

"아, 미안해요. 제가 간질이 좀 있어서……."

"아, 아아……."

간질이 있는 사람과 함께 일하는 것은 아무래도 무리가 있을 것 같았다.

혼자서 건강원을 관리해야 하는데 갑자기 발작을 일으킨다면 앞날을 장담할 수 없기 때문이다.

'어쩐지.'

아마도 그녀는 면접에서 줄줄이 떨어져 이곳까지 온 것이 분명했다.

아쉽지만 그녀는 채용이 불가능할 것 같다.

"잘 알겠습니다. 다음 분이요."

그녀가 나가고 난 후 들어온 사람은 20대 후반의 여성이다.

"김소연이라고 합니다."

이력서를 살펴본 강수는 그녀가 꽤 많은 자격증을 가지고 있다는 것을 알 수 있었다.

"여상을 나오셨네요. 전산회계와 포토샵 자격증도 있으시고요."

"네, 그렇습니다."

"우리 건강원은 배송 업무도 진행해야 하는데, 괜찮겠어요?"

"택배회사에서 분류 작업과 간단한 하차 정도는 해봤습니다. 문제없어요."

"으음, 그렇군요."

차근차근 그녀와 얘기를 나누던 강수는 이력서에서 특이한 이력을 발견해 냈다.

"영양사?"

"대학에서 식품영양학을 전공했습니다. 졸업 후에 유치원과 학원 등에서 영양사로 근무했지요."

"그럼 건강식품에 대해서도 잘 아시겠군요."

"상성에 대해서 공부한 적이 있지요. 그래서 한약재도 직접 달여 마시곤 합니다."

"그렇군요."

여러모로 강수와 합이 잘 맞을 것 같은 여자다.

"한데 그런 직장을 왜 그만두고 이곳 강원도까지 온 겁니까?"

"개인적인 사정이 좀 있어서요."

"으음, 사정이라……. 혹시 간질이 있는 것은 아니죠?"

그녀는 황당하다는 듯이 되물었다.

"가, 간질이요?"

"혹시나 치명적인 질병이 있는지 묻는 겁니다."

"아니요. 저는 지극히 정상입니다. 건강은 자신 있어요."

"그럼 일하는 데 큰 지장은 없겠군요."

"뭐, 그렇지요."

"범죄 경력은요?"

"…없어요."

강수는 서류에 합격 도장을 찍었다.

쾅!

"내일부터 함께 일합시다."

"정말요? 개인적인 사정이 궁금하지는 않으신가요?"

"이 세상에 사연 없는 사람이 어디 있습니까? 나중에 저의 개인적인 사정을 듣고 도망이나 가지 마십시오."

그는 김소연에게 악수를 청했다.

"잘해봅시다."

"그래요."

개인적인 사정이 뭔지는 몰라도 강수에게 그런 것쯤은 아무런 상관이 없었다.

일만 열심히 해준다면 그만이다.

제10장

광업의 신

강수는 김소연에게 인터넷 쇼핑몰을 맡겨놓고 마음껏 강성마을과 금광마을을 오갈 수 있게 되었다.

건강원을 정식으로 오픈한 직후 금광마을 부동산에서 연락이 왔다.

700만 원대 부지가 무려 네 개나 나왔다는 것이다.

그는 지체할 것도 없이 광산을 계약하기 위해 금광마을 부동산으로 향했다.

이번에 그와 계약할 사람은 얼마 전 이 마을에서 장례식을 치른 사람이었다.

백발이 성성한 노인은 강수에게 무려 8천 평이나 되는 부지를 헐값이 넘기겠다고 했다.

강수는 갚아야 할 빚도 없는데 물건을 왜 그렇게 싸게 파는 것인지 궁금하지 않을 수 없었다.

"결례가 안 된다면 왜 이렇게 땅을 싸게 파시는지 여쭤도 되겠습니까?"

노인은 씁쓸한 미소를 지었다.

"허허, 짝을 잃은 잉꼬가 오래 사는 것 보았나? 그저 내자를 잊기 위함이라고 해두지."

"아아, 죄송합니다. 제가 괜한 것을……."

"아닐세."

그는 얼마 전 아내를 먼저 보낸 것이다.

노인은 떨리는 손으로 계약서에 도장을 찍었다.

꾸욱.

"…이제는 보내줘야지."

올해로 88세가 된 노인은 두 살 연하의 아내를 먼저 보내고 몹시도 수척해져 있었다.

강수는 그 모습을 바라보며 어쩐지 안쓰러운 감정이 들었다.

'늙어서 혼자가 되면 저렇게 되는 모양이군.'

아니, 어쩌면 그것은 문득 두려운 감정이 든 것인지도 모른다.

그는 노인에게 가시오갈피즙을 한 박스 건넸다.

"드십시오."

"이게 뭔가?"

"제가 건강원을 합니다. 마땅히 드릴 것은 없고, 이것이라도 받으십시오."

"괜찮네만……."

"몸에 좋답니다. 누가 그러더군요. 갈 때 가더라도 건강이 최고라고요."

노인은 슬그머니 미소를 지었다.

"허허, 그건 그렇지. 자식들에게 짐이 될 수는 없으니."

강수는 노인과의 계약서에 도장을 찍었다.

"잘 쓰겠습니다."

"부디 앞으로도 쭉 건승하길 빌겠네."

별것 아닌 가시오갈피즙이지만 노인에겐 다시 살아갈 계기가 될 수도 있을 것이다.

* * *

노인이 강수에게 판 땅은 금광이 밀집한 산맥 아래에 자리잡고 있었다.

지금 금을 캐고 있는 곳과는 그리 멀지 않기 때문에 한꺼번에 금광석을 분쇄하여 금을 채취하기 좋은 지형이었다.

강수는 처음 구매한 부지에서 일하던 오크들을 이곳으로 옮겨 계속 금광석을 채취하도록 지시했다.

만약 이곳에서 금을 채취하지 못한다면 계속해서 아래에 있는 금광에서 금을 캐고 이곳은 창고로 사용할 생각이다.

드드드드득!

강수는 물러선 오크들 앞에서 해머드릴을 잡고 광산을 마구 두드렸다.

그렇게 몇 갈래의 광맥을 두들기고 나면 오크들이 본격적으로 곡괭이질을 시작해 금광석을 캐내는 식이다.

네 마리의 오크와 함께 채굴 작업을 진행하니 작업장이 조금 비좁게 느껴졌다.

하지만 이제 곧 이곳도 충분히 넓어져 오가기 편해질 것이다.

약 세 시간가량 일하고 난 후 강수는 광산에서 나와 휴식을 취했다.

"후아!"

방독면을 벗고 산들바람을 맞으니 이제야 좀 살 것 같다는 느낌이 들었다.

그는 해머드릴의 위험성만 아니었으면 진즉 오크에게 이

작업을 맡겼을 것이다.

"역시 돈벌이는 쉽지 않군."

해머드릴을 하루 종일 잡고 있었더니 허리도 아프고 팔뚝에는 아직도 저릿한 느낌이 전해졌다.

그나마 다행인 것은 강수가 해머드릴로 길을 뚫어놓으면 그 뒤의 일은 오크들이 알아서 할 수 있다는 점이다.

이것은 작업 속도를 조금 더 높여 보다 많은 금을 캐내기 위한 강수의 방책이었다.

그는 한 10분가량 쉬고 난 후 다시 자리에서 일어섰다.

"그래, 벌자."

어차피 일을 벌인 김에 한탕 제대로 뽑아내야 할 것이다.

강수는 바로 자리를 털고 일어나 다시 작업장으로 향했다.

*　　　*　　　*

작업 일주일째.

강수는 이곳 광산에서 나온 금의 채취량을 확인해 보았다.

동그랗게 굳혀놓은 금덩이는 척 보기에도 일전에 채취한 금보다 훨씬 더 커 보였다.

그는 저울에 금을 올려놓고 정밀하게 눈금을 계수했다.

"250g!"

강수가 작업량을 조금 더 늘려서 금광석을 얼마간 더 채취한 탓도 있지만 확실히 이곳의 금이 훨씬 더 많은 것 같았다.

만약 이대로 인력을 집중시켜 금을 채취한다면 못해도 일주일에 300g 정도의 금을 채취할 수도 있을 것이다.

"허참, 이런 노다지가 있나?"

분명 기복이 있고 오크들을 밤낮으로 족쳐가면서 작업시킨 이유도 있지만 금광에서 나온 양은 엄청나다고 할 수 있었다.

만약 강수가 최소한 두 배 이상의 인부를 동원할 수 있다면 조금 더 많은 금을 캘 수 있을 것이다.

강수는 이런 노다지 금광을 두고 어째서 포기한 것인지 이해를 할 수 없었다.

분명 배율이 높은 현미경이나 지질학 연구 장비들을 동원해 이곳을 조사했을 것이다.

그런데 이런 노다지 광산을 발견하지 못했다는 것은 상식적으로 이해가 불가능한 일이다.

강수처럼 아무것도 모르는 무지렁이도 이렇게 뚜렷한 성과를 거두고 있는 마당에 북동시멘트 같은 대기업이 이득을 취하지 못할 이유가 없었다.

"진짜 그저 증자 먹튀를 일으키려던 것뿐인가?"

증권가에선 북동시멘트가 주가만 올리고 금방 버리기 위

해 금광을 사들였다는 찌라시가 돌았다.

아무래도 이번 사건은 북동시멘트가 금광을 이용한 작전을 한탕 크게 벌인 것이 아닌가 하는 생각도 들었다.

작전, 주가 조작을 통해 물적 이득을 취하는 사기극을 일컫는 말이다.

대부분의 작전은 증권가나 연예계의 크고 굵직한 사건에 의해 묻히고 만다.

그렇지 않다면 대기업과 손을 잡고 큰돈을 굴린 작전 모의자가 외국으로 잠적하는 바람에 사건이 흐지부지되기도 했다.

이렇듯 작전은 한 번 터지면 주식의 소량 구매자인 일명 '개미' 들을 대량으로 학살하게 된다.

주가를 조작하는 것은 법에 위배되는 일이기 때문에 적발 즉시 상당히 무거운 형량이 떨어진다.

하지만 검거율이 낮은 것은 애초에 작전을 펼칠 때 퇴로까지 모두 설계하고 일을 시작하기 때문이다.

아마 지금 북동시멘트의 금광개발이 모두 작전이었다고 해도 증거는 이미 남아 있지 않을 것이다.

일이야 어찌 되었든 금광이 멀쩡히 살아 있다는 것은 강수에게 있어선 절호의 기회였다.

그는 삼 주일 동안 채취한 금덩이 약 1㎏을 가지고 서울로 향했다.

*　　*　　*

금 100g당 단가는 420만 원가량이다.

이것은 현제 한국 제1금융권에서 표시한 금액으로, 국제 금 시세에 근거하여 제시된 금액이다.

팔 때와 살 때의 가격 차이는 있겠지만 보통은 24k 기준 400만 원대가 정설이다.

하지만 강수가 채취한 금을 팔 때엔 그 값을 조금 덜 받을 수밖에 없다.

"으음, 순도가 조금 낮네요."

"몇 %나 됩니까?"

"정확히는 97.84% 되겠습니다."

금 거래에서 명시한 420만 원이라는 금액은 순도 99.99%의 금괴의 경우다.

만약 여기서 순도가 조금이라도 더 낮아지면 금값은 떨어질 수밖에 없었다.

"얼마나 쳐주실 수 있겠습니까?"

"불순물을 제거해야 하는 비용까지 감안하면 400만 원에서 405만 5천 원 정도 되겠네요."

"그렇게나 가격이 떨어집니까?"

"최소한 5~10회 정도 불순물 제거 작업을 해야 99.99%의 순도를 맞출 수 있으니까요."

한마디로 저들은 금괴를 만들 때 들어가는 공임을 제하고 금을 구매하겠다는 것이다.

강수는 정부에 금광업자 사업자등록을 마친 상태이다.

합법적으로 금을 팔아도 전혀 문제가 되지 않기 때문에 장물아비는 거치지 않아도 된다.

하지만 금의 순도를 조금 더 높이는 작업을 스스로 할 수 없기 때문에 일련의 세공비를 내야 했다.

"뭐, 좋습니다. 그럼 금을 판매하지요."

"그렇게 하시겠습니까?"

강수는 금에 대한 보증서를 작성했고, 직원은 그에게 금값을 현금으로 지불해 주었다.

사실 금이라는 것이 순도만 확인하면 더 이상의 위험은 없었다.

밀수를 해온 금이라고 해도 다른 금과 함께 녹여 판매하면 아무도 그 출처를 알 수 없기 때문이다.

정확히는 세관에 신고를 해야 정식적으로 금이 되지만 금 자체의 형질은 변하지 않기 때문에 살짝 다른 귀금속에 녹여 사용하면 그만이었다.

그런 점을 생각했을 때에 강수가 쓴 보증서는 그저 혹시 모를 미연에 대비하는 것이었다.

받을 것은 받고 줄 것은 준 거래가 성사되었다.

*　　*　　*

한 달에 2천만 원이라는 금액은 결코 적은 돈이 아니었지만 이곳에 들어간 인력을 생각하면 그리 많은 돈도 아니었다.

오크 다섯 마리에 강수까지 합치면 여섯, 그에 오크가 20시간 동안 쉬지 않고 작업한 것을 생각하면 결코 많은 돈이 아니었다.

하지만 이유야 어찌 되었든 이 모든 돈은 강수에게 떨어지는 순수익이니 전액 흑자라고 할 수 있었다.

강수는 금을 팔아서 마련한 돈을 가지고 은행을 찾았다.

은행에서는 아직도 강수의 가계가 진 빚에 대한 이자를 계속해서 정산하고 있었다.

남은 금액은 약 6천만 원. 이제 사분의 일을 갚은 셈이다.

"이자와 원금을 상환해 주십시오."

"네, 잠시만 기다려 주세요."

국가에서 운영하는 제1금융권인 농협에 땅을 저당 잡히면서 가계가 확실히 기울었다.

하지만 그나마 지역적 특성으로 이자의 혜택을 받은 면이 없지 않아 있었다.

만약 그렇지 않았다면 이자를 감당하지 못했을지도 모른다.

은행 직원은 강수의 땅에 붙은 저당에서 1천 500만 원을 제하여 주었다.

"처리되었습니다."

"감사합니다."

장족의 발전이긴 했지만 아버지가 남긴 빚을 청산하자면 아직 갈 길이 멀었다.

늦은 저녁, 강수는 한 가득 고기를 사 들고 집으로 향했다.

몸이 쇠약해진 희수는 매일 고기를 먹어도 시원찮을 정도로 단백질이 부족하다.

하지만 형편이 좋지 않아 최근에는 고기를 잘 먹지 못했다는 소리를 들은 강수는 이참에 고기를 실컷 먹일 작정이다.

"희수야, 오빠 왔다."

"어머나, 그게 다 뭐야?"

"뭐긴, 고기지. 불판 깔아."

"정말?! 아싸!"

고기 몇 근에 저렇게 좋아할 수 있다니. 어쩌면 희수는 저런 성격으로 태어난 것이 다행인지도 모른다.

작은 일에 기뻐할 수 있는 사람이 어디 그렇게 흔하던가?

그녀는 작은 가마솥의 뚜껑을 꺼내고 벽돌을 쌓아서 작은 아궁이를 만들었다.

강수는 아궁이 안에 숯을 넣고 불을 붙여 불이 잘 지펴지도록 했다.

"현우 불러. 같이 먹게."

"알겠어."

자고로 친구는 작은 것도 나누어 먹는 것이 옳다.

정선 시내에 사는 형우는 부를 수 없지만 이 근처에 사는 현우는 충분히 함께 저녁을 먹을 수 있었다.

현우는 희수의 전화를 받고는 자신이 담근 술 중 가장 아끼는 술을 가지고 찾아왔다.

"이야, 네가 어쩐 일이냐? 갑자기 고기 파티를 다 열고?"

"그럴 일이 있어. 일단 앉아."

"좋지!"

솥뚜껑에는 작은 구멍이 뚫려 있어서 아래로 기름이 잘 떨어지도록 되어 있었다.

강수는 정육점에서 사온 돼지의 여러 부위를 불판에 올리고 그 위에 후추와 소금 등 각종 향신료를 뿌렸다.

그러자 아주 향긋한 냄새가 마당 전체에 진동했다.

"으음! 역시 우리 오빠 고기 굽는 실력 하나는 알아줘야 한다니까!"

"하긴, 저 녀석이 고기 하나는 잘 굽지."

임업에 오래 종사하다 보면 나무로 해 먹을 수 있는 요리는 거의 다 해 먹어본다.

그중에서도 강수의 주 종목은 돼지고기 구이다.

일반적인 사람들이 생각하는 돼지고기 구이와는 다르게 강수는 가마솥에 여러 가지 재료를 넣고 굽기 때문에 그 맛이 아주 독특했다.

또한 참나무 숯으로 직접 피운 숯불로 굽는 돼지고기의 맛이란 가히 일품이라고 할 수 있었다.

화르르르륵!

술로 한 차례 불 쇼를 펼친 강수는 잘 구워진 고기를 사기 그릇에 담았다.

"먹어."

"오오! 잘 먹을게!"

"한잔하자. 이리 와."

"그래."

만약 강수에게 가장 행복한 순간을 꼽으라면 아마 지금이 아닐까 싶다.

하루의 일과를 끝내고 가족과 함께하는 저녁 식사야말로

최고의 사치였다.

그는 잘 구워진 고기를 먹으며 술을 한잔 곁들였다.

*　　　*　　　*

서울의 한 호텔 라운지.

북동시멘트 회장 양만철은 민주당 허영수 의원과 함께 술잔을 기울이고 있었다.

양만철은 허영수와 벌써 10년째 동고동락하는 사이였다.

"한 잔 받으시죠."

"네."

양만철은 허영수를 2회째 국회의원으로 만든 사람이며 강원도의 유지로 불리고 있었다.

다른 곳은 몰라도 강원, 경기에서 양만철의 영향력은 생각보다 대단했다.

대외적인 시선은 그가 오로지 시멘트 하나에 목숨을 건 건실한 강원의 아들이라고 알려져 있지만 사실은 그렇지 않았다.

그는 수많은 증권가 비리에 연루되어 있으며, 이루 말하기도 힘들 정도로 많은 작전의 중심축이었다.

그곳에서 나온 돈으로 허영수를 비롯한 국회의원들을 국

회로 보내주었다.

때문에 그의 영향력은 대단할 수밖에 없었다.

“정선 땅 금광산업은 어떻게 마무리될 것 같습니까?”

양만철의 질문에 허영수가 파일 하나를 건넸다.

“한 바퀴 돌렸으니 이제 본격적으로 터뜨려야 하지 않겠습니까?”

“그래요. 돌릴 만큼 돌렸으니 이젠 받아먹어야지요.”

원래 허영수는 강원도 건달 출신에 영월에서 지역 청년당원으로 일하던 사람이다.

그러던 그는 정치건달로 서울 쪽 땅 투기에 동원되었다가 감옥에서 10년을 복역했다.

그 이후엔 오갈 데 없이 떠돌다 양만철에 의해 다시 청년회장으로 자리를 잡게 되었다.

양만철은 허영수가 서울권 땅 투기에 대해 일찍이 눈을 떴다는 것을 알고 그에게 물적 지원을 아끼지 않았다.

덕분에 허영수는 날개를 펼쳤고, 그 자금으로 인해 지금의 국회의원 자리까지 오를 수 있었다.

그 이후에도 허영수는 양만철과 함께 경기, 강원 지역 땅 투기에 앞장섰다.

“언제쯤 본격적으로 사업을 시작하면 될까요?”

“한 달 후에 시작하시지요. 그때쯤이면 아주 난리가 날 겁니다.”

“후후, 그래요. 그렇게 합시다.”

두 사람은 잔을 부딪쳤다.

*　　*　　*

강수는 산맥 상부에 위치한 금광을 하나 더 구매하기로 했다.

하부에 있는 금광에서 금이 계속해서 나오고 있으니 분명 상부에 있는 금광에서도 금이 나오리라 확신한 것이다.

복덕방 주인은 강수의 사업이 불붙은 듯이 번창하고 있다고 믿었다.

“젊은 청년이 운도 좋군. 요즘 재미가 좋은가 보지?”

“뭐, 그럭저럭 먹고살 만합니다.”

“그래, 먹고살 만하면 되었네.”

노인은 강수에게 북부에 위치한 땅 몇 군데를 소개해 주었다.

“익히 알고 있겠지만 북부는 조금 값이 나가네. 이건 땅이 귀해서 그런 것이 아니고 순전히 평수가 넓어서 그렇다네. 잘 알지?”

“예, 어르신.”

그는 지도에서 몇 군데를 짚어주었다.

"북동쪽에 있는 허씨네 산과 서쪽의 남씨네 산이 좋겠네. 이 둘 중에서 하나 고르는 것이 어때?"

그가 소개한 땅은 약 2천에서 2천 500만 원 사이에 거래될 것으로 보였다.

네 번이나 유찰되긴 했지만 강수와는 그다지 상관이 없었다.

"내가 경매를 넣어줄게. 아마 다음 주면 입찰이 될 걸세. 입찰을 거는 사람이 없거든."

"예, 알겠습니다. 감사합니다, 어르신."

강수는 그에게 금으로 만든 실반지를 선물했다.

"받으시죠."

"이게 뭔가?"

"옛날에 복덕방 주인이 소개를 잘 시켜주면 반지를 선물했다고 하더군요."

"허허, 자네가 그걸 어떻게 아나?"

"요즘 인터넷이 워낙 잘 발달되지 않았습니까?"

노인은 흡족한 미소를 지으며 반지를 받았다.

"그래, 그래. 잘되었다니 나도 기분이 좋군."

"아무쪼록 이번 입찰도 잘 진행되면 굵직한 반지로 다시 선물해 드리겠습니다."

"허허, 고맙네그려."

누이가 좋으면 매부도 좋은 법이다.

복덕방 노인의 장담대로 강수는 일주일 후 생각보다 훨씬 더 낮은 가격에 땅을 입찰받을 수 있었다.

일반적인 거래 가는 평당 3,000~4,000원 사이였지만 강수는 그보다 훨씬 더 저렴한 2,000원 대에 땅을 입찰받았다.

노인은 오랜 경험으로 쌓인 노하우로 싼 땅을 아주 시기적절하게 낚아챈 것이다.

부동산 계약이 있던 날, 강수는 그에게 한 돈짜리 금반지를 선물했다.

"받으시죠."

"허허, 정말 나에게 금반지를 선물하는군."

"오는 것이 있으면 가는 것도 있어야지요."

"참, 요즘 젊은이들과는 다르게 뭘 좀 아는 것 같군그래."

"별말씀을요."

앞으로 이 노인과 강수는 함께할 일이 많을 것이다.

그러니 반지쯤 선물하는 것은 그리 나쁜 선택이 아니었다.

기분 좋게 계약서에 서명하고 소유권 등기까지 마친 강수는 가벼운 발걸음으로 채굴할 준비를 했다.

* * *

정오가 막 지날 시간, 금광마을 부동산 앞에 검은색 세단이 한 대 다가와 멈추어 섰다.

이윽고 차에서 내린 청년들은 검은색 정장을 입고 있었다.

"가시지요."

"그래, 돈은 준비했냐?"

"예, 형님."

그들은 부동산 문을 열고 의연하게 들어섰다.

"계십니까?"

"으음? 누구시오?"

"땅을 좀 보러 왔습니다."

"땅?"

부동산 주인은 고개를 갸웃거렸다.

"이상하군. 요즘 들어 이 죽어가는 땅에 웬 젊은이들이 이렇게 찾아오는 거지?"

"젊은이라니요?"

"자네들 말고도 이 마을에 땅을 보러 온 젊은이가 또 있었다네."

"아, 그렇습니까?"

"그 청년은 요즘 건강원 사업이 꽤 잘되는 모양이더라고.

아무래도 이쪽 동네의 정기가 생각보단 괜찮은 것 같아."

"하하, 다행이군요."

청년들은 노인에게 동굴이 딸린 땅을 주문했다.

"동굴이 있는 땅을 보고 싶습니다."

"동굴?"

"폐광도 상관없고요."

"으음, 가격대는?"

"저렴할수록 좋습니다."

노인은 실소를 흘렸다.

"허허, 이것 참 난감하군. 하필이면 찾는 땅도 비슷하다니. 자네들이 한발 늦었네."

"그게 무슨 소립니까?"

"이 동네에서 가장 괜찮은 땅은 그 청년이 모두 다 사갔네. 남은 땅은 북부에 있는 광산 몇 개뿐이야."

순간 청년들의 표정이 사납게 일그러졌다.

"…팔려요? 그 허름한 뒷산이요?"

"건강원에서 술독 보관 창고로 쓴다는데 당연히 허름한 뒷산을 구매하는 것이 맞지 않겠나?"

"이런 씨발……."

"뭐라고?"

들릴 듯 말 듯 욕설을 내뱉은 청년들은 이내 자리에서 일어섰다.

"그 청년이 물건을 팔 일은 없겠지요?"

"아마도? 최근에 사갔으니."

"알겠습니다. 최근에 또 땅을 산 적이 있는지요?"

"서부에 있는 땅을 구매했다네."

"흐음, 그렇다면 그 청년과 협상을 벌이면 땅을 살 수 있겠군요."

"뭐, 그렇긴 하지. 한데 그렇게 사려면 프리미엄이 붙을 텐데?"

"상관없습니다."

노인은 고개를 가로저었다.

"거참, 땅 놀이를 이상하게 하는 청년들이군."

"아무튼 말씀 감사합니다."

이윽고 복덕방 문을 열고 밖으로 나온 청년들은 재빨리 차에 올라탔다.

* * *

민주당 허영수 의원의 사무실에 전화기가 울렸다.

따르르릉!

"네, 허영수 의원님 사무실입니다."

—강산입니다. 의원님 계십니까?

"잠시만요."

그녀는 허영수에게 전화를 돌렸다.

"의원님, 전화 왔습니다."

가만히 누워 낮잠을 청하던 그는 조금 신경질적으로 답했다.

"…누군데?"

"강산이라고 합니다."

"새끼들. 하필이면 낮잠 자려는데……."

어쩔 수 없이 자리에서 일어선 허영수는 전화를 받았다.

"그래, 나다."

—의원님, 강산입니다. 쉬시는데 죄송합니다.

"아는 놈이……. 그래, 무슨 일이냐?"

—문제가 생긴 것 같습니다.

"문제?"

—정선 북부 부지를 누가 털어간 것 같습니다.

순간 그는 눈을 번쩍 떴다.

"뭐야?! 그게 무슨 개소리야?!"

—오늘 복덕방을 찾았는데 땅주인들이 이미 산을 팔아먹고 날랐답니다. 그 땅을 산 사람은 건강원을 하는 청년이라 하고요.

"이런 미친 새끼들! 갑자기 무슨 매매야?!"

—아무래도 마을에 먹을 것이 없으니 다른 지역으로 튄 것

이겠지요.

"후우……."

그는 화를 가라앉히려 연신 거친 숨을 몰아쉬었다.

그리곤 짧게 한마디 남겼다.

"…잡아와. 족치든 물을 먹이든 내 앞으로 당장 데리고 와."

강산은 그에게 자신의 의견을 피력한다.

―꼭 그렇게 시끄럽게 처리해야 합니까? 합법적으로 처리하면 안 되겠습니까? 보는 눈도 많은데.

"합법?"

―곧 당 청문회도 있고 재선도 생각하셔야지요.

충복의 설득에 그는 이내 태도를 바꾸었다.

"끄응, 그럼 어쩔 수 없지. 알아서 잘 구워삶아 보고 안 되면 조용히 처리해 버려."

―예, 알겠습니다.

이윽고 전화를 끊은 그는 다시 의자에 앉아 조용히 눈을 감았다.

"젠장, 하루도 편할 날이 없군."

그는 차분히 화를 가라앉히고 이내 잠을 청했다.

제11장

악연?

늦은 밤, 강수는 작업에 열을 올리고 있었다.

드드드드득!

하지만 북부에서 얻은 금은 아직까지 하나도 없었다.

무려 네 시간 동안이나 쉬지 않고 드릴을 돌린 그는 또다시 금광석에 돋보기를 가져다 대보았다.

하지만 금광석 안에는 여전히 금색 물질이 들어 있지 않았다.

"이런 빌어먹을. 도대체 뭐가 어떻게 된 거야?"

남은 돈을 모두 다 털어서 산 광산에선 벌써 일주일째 아무것도 나오지 않고 있었다.

시간을 허비한 것은 그렇다 치더라도 광산을 다시 되팔 수도 없는데, 난감하기 그지없었다.

"아직 굴착을 덜 해서 그런가?"

강수는 이내 자리에서 일어섰다.

"그래, 아직 땅을 덜 파서 그렇겠지."

그는 등판에 매달아둔 몽둥이를 꺼내 들었다.

"어이, 오크들! 어서 움직여!"

피가 묻어 있는 몽둥이를 발견한 오크들은 화들짝 놀라 작업 속도에 불을 붙였다.

"크룩크룩!"

까앙까앙!

오크들이 쉴 새 없이 곡괭이질을 해대던 바로 그때였다.

우르르릉!

"어, 어라?"

조용하던 금광에 서서히 진동하기 시작했다.

"크룩?"

강수는 이 진동이 심상치 않은 것임을 직감했다.

"이런 젠장! 어서 피해!"

그는 작업 중이던 오크들을 데리고 재빨리 광산의 출구를 향해 달렸다.

하지만 급속도로 진행된 진동으로 미처 손을 쓸 새도 없이 속절없이 동굴은 무너져 내렸다.

우르릉, 콰앙!

"제기랄!"

"크룩크룩!"

흔들리는 동굴에서 간신히 중심을 잡고 달리던 강수는 이내 저 멀리 보이는 출구에 시선을 고정시켰다.

"이제 조금만 더……."

바로 그때였다.

두근두근!

"허, 허억!"

동굴이 요동침과 동시에 강수의 심장이 폭주를 일으키기 시작했다.

"쿨럭쿨럭!"

강수는 그 즉시 엎드려 피를 게워내기 시작했고, 오크들은 심장에서부터 일어나는 용언의 울림에 그 자리에 얼어붙고 말았다.

"크룩!"

"이, 이봐! 어서 나를 데리고……."

"크룩크룩……."

용언은 오크들에겐 도저히 견딜 수 없는 기운이었고, 놈들은 겁을 집어먹고 그 자리에 그대로 경직되어 버렸다.

쿠르르릉, 콰앙!

이제 동굴은 와르르 무너져 내렸고, 천장은 강수와 오크 무리를 덮쳐왔다.

"흐어억……."

희미해져 가는 의식, 강수는 흐릿한 시선 사이로 어쩌면 마지막일지도 모를 장면을 기억에 담았다.

지이이잉!

'아공간?'

그의 앞에 마나의 아공간이 열리고 있었다.

* * *

늦은 밤, 검은색 트레이닝복을 입은 한 청년이 금광마을로 향하고 있었다.

팟팟!

그는 마을에서 조금 떨어진 곳에 차를 세우고 옛 중심가로 달려가고 있었다.

약 10분 후, 중심가에 도착한 그는 허름한 간판이 걸린 복덕방 앞에 멈추어 섰다.

"이곳인 모양이군."

청년은 미닫이문에 달려 있는 자물쇠에 길고 얇은 바늘을 찔러 넣었다.

딸깍, 딸깍.

바늘을 열쇠구멍에 집어넣던 그는 이내 눈을 번쩍 떴다.

타악!

"열렸다!"

이윽고 그는 아주 조심스럽게 복덕방 문을 열었다.

드르륵!

미닫이문의 위에는 작은 벨이 달려 있었지만 소리는 거의 나지 않았다.

복덕방으로 조심스럽게 몸을 밀어 넣은 청년은 서류더미가 쌓여 있는 책장으로 다가갔다.

"산 24번지……."

손전등으로 책장을 뒤지며 무언가를 찾아 헤매던 그는 서류 뭉치 중간에서 이내 멈추어 섰다.

촤라라락, 탁!

"오호라, 여기 있군."

그는 부동산 등기부등본이 붙은 계약서의 내용을 디지털 카메라로 촬영했다.

지이잉, 찰칵!

사진에는 계약자의 신상명세가 상세히 적혀 있었다.

"좋아, 오늘도 한 건 했네."

이윽고 자리에서 일어서려던 그는 불현듯 걸음을 멈추었다.

쿠르르르릉!

"……!"

화들짝 놀란 그는 주머니에서 가스총을 꺼내 들었다.

이럴 땐 소리가 나는 권총보다는 가스총으로 상대방을 제압하는 편이 나았다.

하지만 그는 이 소리가 사람이 내는 소리가 아님을 직감했다.

"지진?"

그 언젠가 강원도 원주에서 지진이 일어난 적이 있었다.

그때는 주방에 있던 가재도구가 흔들릴 정도의 진동이 일어났다고 뉴스에서 보도한 바가 있다.

만약 이것이 지진이 맞는다면 꽤나 의외의 사건이 될 터였다.

"한국에서 지진이라니, 참 별일이군."

그러나 그는 지진이 일어난 것에는 별 관심이 없는 것 같았다.

이내 복덕방을 나서 자동차를 타고 어딘가로 향했다.

*　　*　　*

강원도 영월에 있는 리조트에 머물고 있던 강산은 부하의 보고를 받았다.

"형님, 준민입니다."

"들어와라."

그는 강산에게 깍듯하게 고개를 숙이곤 보고를 진행한다.

"말씀하신 대로 놈에 대해 알아봤습니다."

"뭐 하는 놈이라고 하더냐?"

"정선에서 나무를 한다고 합니다."

"나무꾼?"

"벌목업자인데 목공도 겸업한답니다. 최근에는 건강원도 개업했고요."

"오호라, 그 노인네가 말한 그대로군."

강산은 습관적으로 담배를 꺼내어 물었다.

"가족 사항은 어떻게 되지?"

"동생이 하나 있는데 몸이 약하답니다."

"아픈 여동생에 성실한 오빠라. 일이 아주 쉽게 풀리겠군."

"여동생부터 잡아올까요?"

그는 고개를 가로저었다.

"최대한 잡음이 없어야 한다. 우선 놈을 만나서 거래를 제안하자."

"알겠습니다. 지금 당장 놈의 거처를 찾아내겠습니다. 아무래도 집에는 들어가지 않는 것 같더라고요."

"그래, 그렇게 해라. 놈을 잡으면 내게 먼저 보고하고. 직접 협상하겠다."

"예, 형님."

강산은 지금껏 한 번도 실수를 해본 적이 없는 엘리트 건달이다.

그는 틀림없이 자신이 가진 카드를 이용해 강수라는 녀석을 굴복시킬 것이다.

*　　　*　　　*

똑똑.

물방울이 떨어지고 있는 동굴 안.

강수는 가까스로 눈을 떴다.

"으음……."

마치 심장이 깨지는 듯한 고통을 느끼고 쓰러진 그는 얼마나 시간이 흘렀는지도 모를 정도로 잠을 잤다.

그는 잘 잡히지 않은 초점을 억지로 맞춰 주변을 둘러보았다.

"여긴 또 어디……."

바로 그때였다.

강수의 바로 옆에서 오크들의 신음 소리가 들려왔다.

"크룩크룩……."

"오크들?"

아무래도 동굴이 무너지면서 충격을 받은 것으로 보였다.

"젠장, 이래서 다들 광업을 접은 것이었군."

듣기로 이곳은 원래 금광과 함께 구리나 아연 같은 비철도 꽤 많이 나오던 광산이라고 했다.

하지만 그 수익성을 포기할 정도로 위험성이 높아 결국엔 폐광을 선택한 것이다.

그러나 이제는 위험성을 제외하더라도 수익성이 없기 때문에 금광으로 쓰기엔 무리가 있을 것으로 보였다.

"빌어먹을. 우선 이곳을 나가야 할 것 같군."

그는 자신의 몸 상태를 진단해 보았다.

철컥.

"자물쇠?"

그의 손과 발에는 자물쇠로 보이는 물건이 달려 있는데, 누군가가 강수를 가두기 위해 설치한 것 같았다.

이 견고함으로 미뤄봤을 때 도저히 오크가 만들었다고는 볼 수 없었다.

도대체 누가 손발을 묶어놓은 것일까?

연신 고개를 갸웃거리던 강수의 앞으로 성난 표정의 난쟁이가 한 명 다가왔다.

"엘프? 네놈은 분명 그 엘프가 맞지?"

순간, 강수는 자신의 앞에 선 난쟁이를 단박에 알아보았다.

"…랄프? 대장장이 랄프?"

"그래, 맞군. 나를 알아보는 것을 보니 맞아. 역시 모습은 바뀌었지만 네놈이 그 정원사 엘프가 확실하다."

스릉!

난쟁이는 강수에게 거대한 도끼를 들이밀었다.

"네놈에게 우리 동족의 복수를 해야겠다. 그렇게 되면 아힌리히트 님이 다시 나를 불러주실 것이다."

무려 자신의 키에 두 배가 족히 넘는 거대한 헬버드를 들이민 그는 진심으로 강수를 베어버릴 작정이엇다.

강수는 저 난쟁이에 대해 아주 잘 알고 있었다.

그는 아힌리히트의 충복으로 드래곤 레어에서 만들어지는 진귀한 갑옷이나 무기들을 제작하는 대장장이였다.

장인 종족 드워프인 랄프는 대륙 최고의 대장장이로 불렸다.

싸구려 식칼도 그의 손을 거치면 불멸의 명검으로 재탄생하였고, 막힌 광산도 뚫는 신기도 발휘했다.

그는 명실공히 최고의 대장장이이자 광산의 아들이었다.

"죽어라!"

부웅!

아힌리히트의 레어에서 무려 300년이나 지낸 그는 이미 고룡의 충복이 다 되어 있었다.

때문에 아힌리히트에게 다소 적대적이던 레비로스를 극도로 증오하는 면이 있었다.

강수는 그의 도끼가 자신에게 미치기 전, 기지를 발휘했다.

"잠깐! 나를 죽이면 아힌리히트에게 반역을 저지르는 행위가 될 것이다!"

순간, 그가 도끼를 멈춰 세웠다.

"그게 무슨 개소리냐?"

"내 심장에는 아힌리히트의 드래곤 하트가 잠들어 있다."

"뭐라? 이런 미친 엘프를 보았나?! 어디서 그런 말도 안 되는 헛소리를……!"

"헛소리가 아니다. 내 심장에 손을 가져다 대보면 알 것이 아니냐?"

"뭣이?"

"사실 확인을 해본 후에 나를 죽여도 늦지 않을 것 아니냐?"

그는 긴가민가한 표정으로 강수를 바라보았다.

"…또 꼼수를 부리는 것 다 안다."

"아니다. 그러니 한번 확인이나 해봐라. 손해 볼 것 없지 않나?"

"끄응……."

이대로 드래곤의 명령을 거역하면 그는 아마 살아남지 못한다고 생각할 것이다.

랄프는 강수가 시킨 대로 그의 가슴에 손을 얹었다.

두근두근!

순간, 그는 자신의 두 눈과 촉감을 의심했다.

"어, 어라? 이럴 리가……?"

"아힌리히트는 나에게 드래곤 하트를 남기고 스스로 공멸했다."

"뭐, 뭐라?! 이런 미친 엘프가 아주 못하는 소리가 없군!"

"그렇지 않다면 그 고룡의 심장이 어째서 내 가슴에 달려 있겠나? 그렇지 않나?"

"그, 그건……."

"드래곤이 심장을 아무에게나 막 뿌렸다면 루야나드는 이미 피바다가 되었을 것이다. 하지만 그렇게 되지 않았지."

랄프는 이내 강수를 치려던 헬버드를 내려놓았다.

털썩.

"마, 말도 안 돼! 아힌리히트 님이……."

"죽었다. 인정할 수밖에 없을 것이다. 아니, 그러는 편이 네 신상에 좋아."

지금까지 자신의 전부라고 여기던 고룡의 죽음은 랄프에겐 엄청난 충격인 듯했다.

"아, 아니야! 그럴 리가 없다! 아힌리히트 님이……."

"망자는 말이 없는 법. 확인하고 싶으면 스스로 목숨을 끊

어보든지. 또 아나? 저세상에서 다시 만날 수 있을지."

"닥쳐라! 이 미친 엘프 같으니!"

그는 다시 헬버드를 휘둘렀다.

부웅, 콰앙!

하지만 그의 도끼는 허공을 가르고 동굴 바닥에 꽂혔다.

퍼억!

"젠장! 젠장!"

"이제 그만 인정해라. 그런다고 달라지는 건 없으니."

랄프가 이렇게까지 괴로워하는 것은 심장의 주인이 그의 주인이 되기 때문이다.

레비로스와는 거의 원수지간으로 지낸 그에게 이 사실은 결코 받아들일 수 없었다.

"나는 너를 종으로 부릴 생각은 없다. 다만 이 속박만은 풀어주기 바란다. 드래곤 하트를 이은 사람으로서 정중히 부탁한다."

더 이상의 싸움은 서로에게 좋지 않으니 최대한 좋게 상황을 마무리하려는 강수다.

하지만 과연 랄프가 이 사실을 받아들일지는 미지수였다.

"…제기랄, 제기랄……."

거의 반쯤 미쳐 가던 랄프가 이내 강수의 손에 달려 있는 자물쇠를 해제시켰다.

딸깍.

"고맙군."

"빌어먹을!"

"이제 네 갈 길을 가라. 앞으로 서로 볼 일 없는 것이 낫지 않겠나?"

랄프는 어렵사리 강수에게 물었다.

"…드래곤 하트는 아직 살아 있는 건가?"

"만져봐서 알지 않나? 가끔 폭주해서 너 같은 별종을 소환하긴 하지만 아직 멀쩡해."

"크윽!"

랄프는 당장 이 사실을 받아들이기 힘든 것 같았다.

"나는 여길 떠날 거다. 생각이 정리되면 네 갈 길을 떠나."

강수는 동굴 이곳저곳에 널브러져 있는 오크들을 깨워 동굴을 나설 차비를 했다.

그런 그의 곁으로 랄프가 다가왔다.

"…갈 곳이 없다."

"뭐라?"

"네가 드래곤 하트의 주인이라면 내가 갈 곳이 없지 않겠나?"

"그래서 뭘 어쩌라는 거냐?"

"따라가겠다."

"뭐가 어째?"

"치욕스러운 일이지만 너를 따라야겠다. 그게 나의 숙명이다."

사실 엘프와 드워프는 서로 상극이다.

당연히 함께 다니는 것이 불편할 수밖에 없었다.

"내 복장이 터져서 죽는 꼴을 보고 싶은 모양이군. 장난하나?"

"…진심이다."

"……."

두 사람은 한동안 서로를 가만히 응시했다.

* * *

무너져 내린 광산을 나서는 길.

랄프는 강수가 무너뜨린 광산을 바라보며 투덜거렸다.

"이런 미친, 기본도 안 되어 있는 엘프 같으니. 이렇게 아무렇게나 광맥을 두들겨 패니 당연히 광산이 무너지지."

"뭐라?"

"광산을 개발할 때는 광맥을 잘 봐가면서 뚫어야 한다. 그래야 지반이 흔들리지 않지."

"…그렇군."

강수는 그에게 아무런 대꾸도 할 수가 없었다.

랄프는 분명 대륙 최고의 대장장이이자 광산 전문가였기 때문이다.

"보아하니 예전에는 꽤나 쓸 만한 금광이었겠어."

"금광이었다? 과거형으로 말하는군."

"당연하지. 이제는 그 맥을 다했으니. 잘해봐야 구리나 철 조각 조금 얻을 수 있겠어."

"그걸 어떻게 증명하지?"

"보면 안다. 네가 숲의 종족인 것처럼 나는 철의 종족이니까."

"으음……."

그렇다는 것은 이곳은 광산으로서 가치가 없다는 뜻이다.

다른 사람은 몰라도 랄프가 광산에 대해 말하는 것은 전부 100% 신빙성이 있기 때문이다.

"아마 저 아래에 있는 광산 중 몇 개는 한동안 즐거워 비명을 지를 정도로 금이 많이 채취될 것이다."

"한동안? 그렇다면 저곳도 이제 그 수명을 다할 것이라는 소리군."

"그렇다고 볼 수 있지."

"어쩐지 금이 막 쏟아진다고 했어."

"큭큭, 멍청한 엘프 같으니. 만약 저런 노다지가 있었으면 다른 인간들이 가만히 놓아두었겠나?"

그의 말은 하나도 틀린 것이 없었다.

강수는 무척이나 자존심이 상했지만 그의 말에 반박할 수가 없었다.

"그래서, 이제 저 광산이 얼마나 갈 것 같나?"

"자세한 것은 직접 광맥을 봐야 알겠지만 길어봐야 1년 정도 버틸 수 있지 않을까 한다."

"1년, 그 안에 승부를 보는 수밖에 없겠군."

"뭐, 그렇다고 볼 수 있지."

분명 두 사람은 상성이 맞지 않는 사이였지만 당분간은 전략적 동맹관계를 유지해야 할 것 같았다.

그는 강수에게 도움을 줄 수 있고 강수 역시 그에게 도움을 줄 수 있기 때문이다.

"그나저나 이곳은 뭐 하는 나라인가? 온통 처음 보는 물건뿐이군."

"지구라는 곳이다. 우리가 살던 루야나드와는 전혀 다른 차원이지."

"차원이동이라……. 그분께서 이런 결과를 낳으셨던가?"

"자세한 것은 알 수 없다. 그가 나에게 심장을 남긴 것 이외엔 말이야."

"흐음."

"그러는 너는 나를 어떻게 알아본 것이지?"

"네 몸에서 풍기는 기운을 느꼈다. 애초에 나는 네가 엘프인 것을 알아보았어."

"특이한 놈이군."

랄프는 강수에게 협상을 제안했다.

"내가 네게 도움을 주면 너도 내게 도움을 주는 관계, 이런 것을 두고 공생관계라고 부른다지?"

"그렇다."

"그렇다면 우리가 그런 관계가 될 수도 있을 것 같군."

"공생이라……. 너와 내가 말인가?"

"그렇다."

강수로서도 랄프와 함께하는 것이 썩 나쁘지만은 않았다.

오히려 그가 이렇게 먼저 제안을 해주니 마음이 한결 가볍기까지 했다.

"좋다, 그렇다면 앞으로 나의 테두리 안에서 함께 일해주기 바란다. 그렇다면 공생관계가 될 수 있지."

"하지만 그 대가로 나에게 이 세계에 대한 지식과 고향으로 돌아갈 수 있는 방법을 알려 달라. 그게 내 조건이다."

"그래, 그렇게 하지."

이로써 두 사람은 다소 어정쩡한 공생관계가 되었다.

*　　*　　*

이른 아침, 강산은 강수가 기거하고 있다는 동굴로 향했다.

하지만 사람이 살던 흔적뿐 강수는 보이지 않았다.

그는 부하들에게 지금 이 상황에 대해 물었다.

"어떻게 된 거냐? 사람이 없지 않나?"

"자택에 전화를 걸어 지금 집에 돌아오지 않았음을 확인했습니다. 건강원 역시 같은 상황이었습니다만……."

"…그래서 뭐가 어떻게 된 것인지 묻지 않나?"

"죄송합니다! 다시 한 번 찾아보겠습니다!"

멀쩡하던 사람이 갑자기 사라졌다는 것은 있을 수 없는 일이었다.

그는 동굴 깊숙한 곳으로 들어가 과연 이곳에서 무슨 일이 벌어졌는지 알아보기로 했다.

주변에는 A형 텐트 세 동과 사람이 기거할 수 있는 천막 하나가 전부였다.

하지만 그 텐트와 천막에는 며칠째 사람이 살지 않았다는 것을 반증하는 적막함만이 남아 있을 뿐이다.

"빌어먹을 새끼……. 이 새끼 이거 뭐 하는 새끼지?"

바로 그때였다.

"형님, 이쪽으로 좀 와보셔야 할 것 같습니다!"

"무슨 일이냐?"

"땅문서와 지도 몇 개가 보입니다!"

"지도?"

그는 곧장 부하들이 있는 곳으로 향했다.

동굴의 구석 한곳에 몇 군데 볼펜으로 표시한 지도와 함께 땅문서가 놓여 있었다.

강산은 그 지도에 나온 곳을 만년필로 이어보았다.

슥슥…….

"이것은……."

"그분께서 지시하신 매입지와 정확히 일치합니다!"

그는 아무래도 내부에서 정보가 새고 있다고 확신했다.

지금 이 이강수라는 놈이 매입한 부지 이외에도 표시가 되어 있는 것을 보면 땅에 대해 알아보고 다닌 것이 틀림없었다.

'도대체 누가…….'

이것은 양만철과 허영수 이외엔 그 어떤 누구도 알지 못하는 사안이다.

만약 정보가 샌다면 양쪽 어느 곳에서든지 배신자가 생겼다는 소리였다.

그는 이내 전화기를 들었다.

"회장님, 강산입니다."

—무슨 일이냐?

"아무래도 정보가 샌 것 같습니다."

—뭐라? 그게 무슨 소리냐?

"지금 허영수 의원이 찍어준 땅을 매입하려 정선으로 내려왔습니다만, 이미 누가 선수를 쳤습니다."

—선수? 그게 말이 되는 소리인가?

"면목 없습니다. 처음에는 일반 투자자인 줄 알고 그저 좋게 협상해 보려고 했는데 아무래도 작정하고 땅을 건드린 것 같습니다."

—알박기일 가능성은?

"충분합니다. 그것도 아주 체계적으로 들어올 것 같습니다."

—으음…….

"죄송합니다, 회장님."

—네 예상에는 어느 쪽에서 정보가 샌 것 같나?

"이번 프로젝트의 전말을 알고 있는 사람은 드뭅니다. 하지만 허영수 의원이 약을 팔고 다녔으니 분명 냄새를 맡은 국회의원이 있겠지요."

—버러지 같은 놈들. 누구 덕분에 배불리 먹고사는데…….

"어떻게 할까요? 뒷조사를 좀 해볼까요?"

—아니다. 놔둬라.

"후환은……."

—어차피 당당히 나서지도 못할 놈이다. 지금 땅을 사둔 정황이나 파악해 두고 거래내역만 확보하도록. 나중에 내가 알

아서 굴려먹겠다.

"예, 회장님."

강산은 전화기를 내려놓곤 부하들을 바라보았다.

"당장 이강수라는 놈을 찾아라!"

"예, 형님!"

강산의 조직원들이 일사불란하게 움직이기 시작했다.

*　　*　　*

북동시멘트의 금광개발 사건의 전말은 이러했다.

그들은 정선 북부의 광산을 전격적으로 개발하겠다고 선언하고 대규모의 투자자들을 유치했다.

실제로 정선 북부의 일부 산에서는 1톤당 10g 달하는 금광석이 발견되기도 했다. 그 사실을 토대로 투자자들은 막대한 돈을 밀어 넣었고, 북동시멘트의 주식은 투자 기대주와 함께 물상을 타고 가파른 주가 상승률을 보였다.

주가가 정점을 찍은 순간, 북동시멘트는 이내 수익성 저조 예측이라는 핑계와 함께 프로젝트를 아예 취소해 버렸다.

이 과정에서 주가는 다시 하향 곡선을 그리며 수직으로 떨어져 내렸다.

겉보기엔 그저 일반적인 프로젝트 좌절로 보이지만 실상

은 그렇지가 않았다. 프로젝트의 전반적인 과정은 모두 물 타기 증자의 일환이었던 것이다.

이 물 타기 증자 과정에서 북동시멘트의 수뇌부와 일부 주주들은 엄청난 이득을 보게 되었고, 소액투자자들은 그야말로 쪽박을 차게 되었다.

심지어 북동시멘트의 회장 역시 타 기업의 명의를 대여해 수백 억을 가로챘으니 소액주주들이 알면 게거품을 물 일이었다. 하지만 그것은 부패의 아주 작은 일부분에 불과했다.

지금 정선 북부지방으로 정부의 비밀 프로젝트가 진행되고 있었는데, 그것은 바로 제2강원랜드의 건립이었다.

국내 고객의 출입이 허가되는 합법적 카지노가 정선에 또다시 개장된다는 명목의 프로젝트가 암암리에 진행되고 있었다.

이번 프로젝트는 대대적인 카지노 관광단지를 조성한다는 것에 그 목적을 두고 있었다. 만약 정부가 공식적으로 정책을 발표하게 되면 정선 북부는 그야말로 금싸라기 땅으로 변하게 될 것이다.

양만철은 북동시멘트로 이 근방의 땅값을 아예 쑥대밭으로 만들어놓고 잠적했기에 정선 북부는 거의 죽음의 땅이나 다름없는 상태였다.

하지만 카지노 단지만 떡하니 지어놓으면 경제가 활성화되는 것은 그야말로 시간문제였다.

만약 이런 카지노 단지가 들어설 땅을 누군가 사전에 매입한다면 그 차액은 족히 20배는 될 것이다.

이런 카지노 부지 선정에 허영수가 끼어 있었고, 그 사업자 선정 배후에 양만철이 서 있었다.

양만철은 허영수라는 뒷배를 타고 자신의 끄나풀 네 명을 사업자 선정 후보로 내정시킬 예정이었다.

그러니 양만철은 자신이 땅 투기를 벌여 죽여 놓은 땅을 다시 사들여 이득을 챙기게 되는 셈이다.

거기에 본인이 카지노까지 올리게 되니 이것이야말로 일석삼조의 효과가 아니고 무엇이겠는가?

지금 허영수는 강원도 출신 당원들을 움직여 죽어가는 정선을 살리자는 분위기를 조성했다.

아무리 당파싸움이 거센 정치판이라곤 해도 강원도 출신 정치인들은 그들만의 끈끈한 무언가가 있게 마련이었다.

허영수는 건실한 강원도 청년이라는 이미지를 가지고 있기 때문에 고향의 균형 발전을 걱정하는 사람으로 비춰질 것이다.

그런 그의 호소는 국회의원들의 마음을 움직이게 될 테니 부지 선정은 이미 끝난 것이나 다름없었다.

하지만 문제가 하나 생겼다.

도대체 어디서부터 정보가 샜는지는 알 수 없지만 누군가 암암리에 땅을 사들이고 있던 것이다.

그리고 그것으로도 모자라 그는 벌써 며칠째 연락이 두절된 상태였다.

양만철은 허영수의 전화를 받고는 고심에 빠질 수밖에 없었다.

"정보가 샌다……. 내부인의 소행인가?"

경기도 양평에 위치한 별장에서 한가로이 주말을 보내고 있던 그는 온 신경을 그곳에 집중시켰다.

만약 내부에 공모자가 있다면 이 일은 생각보다 심각해지기 때문이다.

그는 지금까지 철저한 비밀 유지하에 일을 진행했기 때문에 덜미를 잡힐 일이 없었다.

하지만 정보가 샌다면 언제 어디서 칼을 맞을지 알 수가 없었다.

"빌어먹을."

그러나 땅을 매입했다는 놈만 잡으면 일은 간단해진다.

추후에 땅 투기를 했다는 정보로 놈을 굴려먹으면 끄나풀이 하나 더 생기는 일이니 몇 백억쯤 그냥 내어주어도 아깝지 않을 것이다.

그는 조용히 눈을 감았다.

"그래, 편안하게 생각하자."

양만철은 그렇게 남은 여가 시간을 보냈다.

*　　*　　*

산에서 내려온 강수는 즉시 무너져 내린 광산을 포기하기로 했다. 더 이상 이곳에서 위험을 감수하며 금을 캐낼 필요가 없어졌기 때문이다.

그나마 남은 금의 양도 그리 많지 않기 때문에 오크 몇 마리만 남겨놓고 강성마을로 돌아갈 생각이었다.

한 달에 금 100g만 채취해도 앞으로 1년이면 동이 날 것이라는 것이 랄프의 진단이었다.

강수는 오크들에게 씨름선수들이나 입는 커다란 트레이닝복을 입히고 얼굴은 마스크로 가렸다.

랄프 역시 얼굴을 가리고 키가 다소 작은 난쟁이로 위장시켰다.

만약 트럭을 타고 강성마을까지 이동하다가 아는 사람과 마주치기라도 하는 날엔 큰 낭패였기 때문이다.

강수는 강성마을에 있는 자신의 짐을 차에 싣고 희수에게 전화를 걸었다.

"희수야, 오빠 지금 간다. 집에 별일 없었지?"

―오빠, 지금 어디야? 요 며칠 어떤 사람들이 집에 다녀갔어.

"어떤 사람들이라니?"

—몰라. 검은색 정장을 입고 있었는데 분위기가 좀 이상했어.

"뭐? 그런 사람들이 왜……."

바로 그때였다.

"형님, 여기 있습니다!"

순간, 강수는 자신의 앞으로 모여드는 열 명 남짓한 깡패들을 마주했다.

"이 새끼, 여기 숨어 있었네!"

"아이고, 이 사장님, 평안하셨소? 우리는 당신 찾느라 아주 등골이 휘는 줄 알았소만?"

"뭡니까?"

"뭡니까? 이 개새끼 좀 보소?"

그들은 척 봐도 강수에게 악감정이 있는 것 같았다.

뚜둑!

"우리와 함께 가셔서 협조 좀 해주어야겠소."

"협조?"

"남의 밥그릇에 침을 뱉었으면 책임을 지셔야지? 야, 모셔라! 땅으로 장난질을 쳤으니 확 땅에 묻어버려!"

"예, 형님!"

아무리 생각해 봐도 이 사람들을 따라갔다간 좋은 꼴 보기는 힘들 것 같았다. 도대체 뭐가 어떻게 된 것인지는 몰라도 일단 이 건달인지 뭔지 하는 놈들부터 처리를 해야 할 듯싶었다.

강수는 슬그머니 등에서 줄빠따용 몽둥이를 꺼내 들었다.

척.

랄프는 천으로 감싼 헬버드를 만지작거리며 말했다.

"도와줄까?"

"아니, 됐어. 오크들이나 잘 간수하고 있어."

"알겠다."

이윽고 그는 깡패들에게 몽둥이를 휘둘렀다.

부웅!

퍼억!

"크헉!"

"뭐, 뭐야?! 도깨비방망이?!"

"이 새끼들, 줄빠따라고 들어는 봤냐?!"

오크들은 줄빠따라는 말에 몸을 떨었고, 랄프는 가만히 앉아서 먼 산을 바라보고 있었다.

『현대 소환술사』 2권에 계속…